Victoria Whitehead

Die Kaminhexe

Schneider-Buch

Inhalt

Eine Hexe im Kamin?

Ellen nickte in dem großen Lehnstuhl ein. Ihre Familie saß noch beim Abendessen, aber sie hatte gebeten, früher aufstehen zu dürfen.

Ihr dreijähriger Bruder Toby brüllte laut auf seinem hohen Kinderstuhl, weil ihm ein paar Erbsen hinuntergefallen waren.

Die Mutter schaute besorgt zu Ellen hinüber. „Sie scheint sich nicht wohl zu fühlen“, sagte sie zu Vater.

„Wach auf, Ellen, sonst kannst du heute nacht nicht schlafen“, drang die Stimme des Vaters an Ellens Ohr.

Sie schlug die Augen auf und sagte geheimnisvoll: „Oh, ich schlafe nie nachts.“

Richard kicherte.

„Und warum nicht?“ fragte Vater.

„Wegen des Lärms“, erwiderte Ellen.

„Tja, der Straßenlärm... Aber später ist es doch still“, meinte Ellens Vater.

„Nein, nicht der“, sagte Ellen, „ich meine den Lärm im Kamin.“

„Das höre ich zum ersten Mal“, mischte sich Ellens Mutter ein. „Der Kamin ist doch vor Jahren zugemauert worden. Was für Geräusche sollen denn das sein?“

„Nun ja“, begann Ellen zögernd und warf einen Blick zu Richard hinüber, der vor sich hin grinste. „In dem Kamin wohnt nämlich eine Hexe.“

Ihre Mutter bückte sich, um Tobys Erbsen aufzulesen.

Richard brach in schallendes Gelächter aus. Er war schon elf und hatte diese kindlichen Phantasievorstellungen längst hinter sich.

„Eine Hexe im Kamin? Wie kommst du denn darauf?“ fragte er.

„Ich weiß es eben“, brummte Ellen vor sich hin.

„Na, dann paß bloß auf, daß du heute nacht nicht in einen Laubfrosch verwandelt wirst. Morgen ist schließlich *Hallowe'en*,* das Fest der Hexen und Gespenster, und wenn sich eine Hexe neben deinem Bett eingenistet hat, ist das gar nicht so unwahrscheinlich“, zog Richard sie auf. „Ich werde dich jedenfalls

---

* Hallowe'en: Die Hallowe'en-Nacht wird in England am 31. Oktober, dem Abend vor Allerheiligen, gefeiert. Ursprünglich war Hallowe'en ein Fest der Mächte der Dunkelheit. Der Glaube, daß in dieser Nacht gespenstische Sachen passieren, lebt heute noch fort. Geister mischen sich dann angeblich unter Hexen und Zauberer

nicht küssen, um dich wieder in ein Mädchen zurückzuverwandeln. Da halte ich dich schon lieber in einem Teich gefangen und füttere dich ab und zu mit einer Fliege."

„Richard, du gehst jetzt endlich nach oben und machst deine Hausaufgaben", sagte seine Mutter streng. „Und laß Ellen in Ruhe! Du siehst doch, daß sie sich nicht wohl fühlt. Da mußt du dich nicht auch noch über sie lustig machen."

„Entschuldige, El", meinte Richard grinsend. „Ich werde dich natürlich küssen, wenn es sein muß, aber nur, wenn es wirklich nicht anders geht."

„Richard! Deine Hausaufgaben!" sagte sein Vater in einem Ton, der keine Widerrede duldete, und Richard ging nach oben.

Mutter hob Toby von seinem Stuhl herunter. Ellen lachte noch immer über Richards Worte. Sie war nicht beleidigt, wenn er sich über sie lustig machte. Richard, der um drei Jahre älter war als sie, neckte sie oft, und trotzdem mochte sie ihren Bruder. Von ihm nicht beachtet zu werden, fand sie viel schlimmer als seine kleinen Sticheleien.

Kurze Zeit später schlüpfte Ellen in ihr Nachthemd und putzte sich die Zähne. Dann setzte sie sich vor den Fernsehapparat, während ihre Mutter Toby schlafen legte. Ellen freute sich schon darauf, ins Bett zu kommen. Aber dazu war es noch zu früh, denn die geheimnisvollen Geräusche in ihrem Kamin würden erst viel später einsetzen.

Richard saß über seinen Hausaufgaben. Der nächste Schultag war von besonderer Bedeutung für ihn. Er mußte in Musik eine Prüfung ablegen, und wenn er sie bestand, würde er auf eine andere Schule überwechseln, auf der musikalische Talente gefördert wurden. Er würde aber dann zu Großmutter ziehen, denn die Schule war dreißig Kilometer von zu Hause entfernt. Ellen hoffte insgeheim, Richard würde bei der Prüfung durchfallen, denn sie wollte nicht, daß ihr Bruder wegzog.

„Komm, Ellen, es ist Schlafenszeit", ermahnte ihre Mutter sie, nachdem sie Toby zu Bett gebracht hatte. „Du siehst müde aus und mußt dich mal richtig ausschlafen."

Die Sendung, die sich Ellen gerade ansah, war noch nicht zu Ende. Doch sie gehorchte, ohne zu murren, denn sie fühlte ganz deutlich, daß sie heute nacht mehr über die Kaminhexe herausbekommen würde. Das große Fest der Hexen und der Gespenster stand vor der Tür.

Ellen rannte die Treppe hinauf.

„Bist du sicher, daß du heute nacht in deinem Zimmer schlafen möchtest?" erkundigte sich ihre Mutter, die ihr gefolgt war.

Ellen knipste die Nachttischlampe an und sah sich neugierig in ihrem Zimmer um. Bunte Poster schmückten die gelben Wände. Der alte Kamin war weiß gestrichen, und auf dem Sims standen Bücher und ein paar Nippsachen.

„Ja, natürlich“, antwortete sie. „Ich weiß zwar nicht, ob es sich um eine gute oder böse Hexe handelt, aber ich fürchte mich überhaupt nicht.“

Ihre Mutter schüttelte den Kopf. „Nun aber ins Bett, Ellen. Hexen im Kamin! Auf was für Ideen du kommst.“ Dann eilte sie aus dem Zimmer, denn Toby rief nach ihr, weil seine Bettdecke auf den Boden gefallen war.

Richard öffnete seine Tür und rief: „Gute Nacht, Ellen. Nimm dich vor den Hexen in acht! Quak, quak, quak!“

„Gute Nacht, du fette, alte Kröte!“ rief Ellen zurück und knipste das Licht aus. Sie starrte in die Finsternis, die ihr viel stärker vorkam als sonst.

Ellen hörte, wie ihre Mutter zum fünften Mal gute Nacht zu Toby sagte, der sie immer wieder in sein Zimmer zurückrief. Dann ging ihre Mutter hinunter, um mit Vater fernzusehen. Richard machte sich zum Schlafengehen fertig. Ellens Tür stand halb offen, und ein heller Lichtkegel fiel vom Flur in ihr Zimmer. Ihre Augen folgten ihm bis zum Kamin, wo er eine goldene Schatulle erhellte, auf deren Deckel geheimnisvolle bunte Zeichen gemalt waren.

Ellen konnte sich nicht erklären, wie diese Schatulle hierhergekommen war. Es mußte heute morgen geschehen sein. Sie stand auf, öffnete neugierig den

Deckel und fand darin – auf roten Samt gebettet – eine lange, goldene Kette, an der ein Medaillon hing. Beim näheren Hinsehen erkannte sie darauf einen spitzen Hut, wie ihn Hexen oder Zauberer tragen. Um ihn herum standen die Worte: *Medaillon der Mittleren Magie*.

Ellen schlüpfte wieder ins Bett. Ihr Blick fiel durch den Spalt zwischen den Vorhängen, durch den sie den Himmel sehen konnte. Er war wolkenverhangen und pechschwarz. Sie schloß die Augen und schlief sofort ein.

Später, als es im Haus still geworden war, erwachte sie, denn im Kamin begann es geheimnisvoll zu rumoren. Dann hörte sie etwas wie einen lauten Knall, gefolgt von ein paar dumpfen Schlägen. Schließlich summte jemand eine bekannte Melodie.

Ellen lag mit offenen Augen da und rätselte, was das alles im einzelnen bedeuten konnte. Eins stand jedenfalls fest: Es *gab* eine Hexe in dem Kamin! Ihre Familie wollte es nicht glauben, aber sie würde es schon noch allen beweisen. Ja, das würde sie!

Rufus

Die Hexe in Ellens Kamin war die Kauzige Hannah. Bislang hatte sie auf dem Land gewohnt, aber nun hatte sie sich in der Stadt häuslich niedergelassen. Ellens Kamin gefiel ihr auf Anhieb, und im Handumdrehen hatte sie ihn in ein gemütliches Zimmer verwandelt. Sie hauste darin mit ihrem schwarzen Kater, sechs weißen Mäusen und ihrem flegelhaften Sohn Rufus. Seinetwegen raufte sie sich oft die roten Hexenhaare und behauptete, er würde sie noch ins Grab bringen.

Sie war soeben aufgestanden und hatte alle Hände voll zu tun, denn vor *Hallowe'en,* der Geisternacht, gab es noch eine Menge zu erledigen.

Rufus schlief noch, während Hannah eine Schüssel heiße Hafergrütze zubereitete.

„Rufus, aufstehen!" weckte Hannah den Jungen und stupste ihn mit ihrem knöchernen Zeigefinger an die Brust.

„Ich mag nicht", murmelte Rufus und zog sich die mit Sternen gemusterte Bettdecke über die Ohren.

„Du mußt aber zum Hexenunterricht", sagte seine Mutter. „Und vorher ißt du deine Hafergrütze!" Hannah summte die Nationalhymne, was sie immer tat, wenn sie guter Laune war.

„Ich mag keine Hafergrütze. Und ich gehe auch nicht zum Hexenunterricht", brummte Rufus in die Bettdecke.

„Nun mach schon, Rufus! Deine Mutter wartet", sagte Hannah ungeduldig und schlug mit der Schöpfkelle auf die Bettkante.

Rufus fuhr erschrocken hoch. Dann gähnte er laut wie eine Schiffssirene und wälzte sich aus dem Bett. Sein magerer Körper steckte in einem gestreiften Schlafanzug, und seine semmelblonden Haare erinnerten an die Stacheln eines Igels.

Hannah zog ihn an einem Ohr zum gedeckten Tisch und klatschte ihm eine Kelle voll dampfender Grütze in eine Schale.

„Ich mag nichts essen“, maulte Rufus.

„Iß!“ herrschte ihn seine Mutter an.

Rufus packte die Schale und schleuderte sie durchs Zimmer. Die Hafergrütze ergoß sich über den ganzen Boden. Der Kater flüchtete erschrocken unter das Bett, und die Mäuse versteckten sich blitzschnell im Brotkasten.

Hannahs beschwingte Laune war wie weggeblasen, und sie wurde fuchsteufelswild. „Dummkopf!“ kreischte sie.

Diese Szene fand tagtäglich statt. Deshalb war es nicht verwunderlich, daß Ellen jede Nacht aus dem Schlaf geweckt wurde.

Bis zur Geisternacht war es nur noch ein Tag, und Hannah mußte sich noch eine Menge Zaubersprüche einprägen. Das war auch der Grund, weshalb sie so gereizt war.

Aber je mehr sie mit Rufus schimpfte, desto ungezogener benahm er sich.

„Ich schwör’ dir beim großen Hexenmeister, daß

ich dich demnächst verhexen werde, du mißratener Flegel!“ schrie Hannah.

„Ich kann dich auch verhexen, Mutter“, konterte Rufus und streckte ihr die Zunge heraus.

„Du bist noch viel zu jung, um mit Zaubersprüchen umgehen zu können“, sagte seine Mutter.

„Ich kann es aber schon!“ meinte Rufus trotzig und stampfte mit dem Fuß auf.

Hannah griff nach ihrem Zauberstab, den sie neben dem Brotkasten aufbewahrte, und die Mäuse huschten fluchtartig unter das Bett. Der Kater sprang mit einem Satz auf das höchste Regal, wobei ein Teller klirrend zu Boden fiel. Die Hexe schwang drohend den Zauberstab, und er zischte und säuselte in der Luft wie Wasser auf heißem Fett.

„Du gehst auf der Stelle zum Hexenunterricht“, befahl Hannah, „sonst verwandle ich dich in einen Frosch!“ Nachdem sie ihrer Wut Luft gemacht hatte, wurde sie wieder ruhiger. Sie schüttelte den Kopf, kratzte sich mit dem Zauberstab unter den Haaren und seufzte tief. „Rufus, du mußt zum Unterricht gehen, damit du eines Tages genausogut zaubern kannst wie dein Onkel, der große Hexenmeister Wuzo“, redete sie dem Jungen ins Gewissen. „Sei endlich vernünftig, oder du bringst mich noch ins Grab.“

Doch an diesem Morgen wollte Rufus alles andere als vernünftig sein. Dieses Jahr würde er in der Geisternacht allen beweisen, daß er kein kleiner Junge mehr war und daß er sehr wohl mit Zauberformeln umgehen konnte. „Du wirst schon sehen, daß ich hexen kann“, sagte er. „Und diesmal werde ich das Medaillon gewinnen! Ich habe nämlich fleißig geübt. Warte, ich zeig’ es dir gleich.“ Er rannte zu der Kiste, in der das Zaubermaterial aufbewahrt war.

„Mach keine Dummheiten, Rufus“, ermahnte ihn seine Mutter. „Zauberformeln sind gefährlich. Das weißt du doch.“

Aber Rufus machte sich schon über die sorgfältig beschrifteten Schälchen her und leerte ihren Inhalt auf den Boden. Er mischte alles wild durcheinander – eine Handvoll Mehl, einen Teelöffel Ruß, eine Dose mit Würmern und eine Karaffe voller Nebel.

„Ich werde es dir beweisen und Onkel Wuzo auch!“ rief Rufus in den knisternden Funkenregen hinein.

Fledermausflügel, Sägespäne, Backpulver, Kichererbsen: alles knatterte los wie Leuchtraketen, und die Zauberformeln schossen pfeilartig in die Luft, prallten an den Wänden ab und erleuchteten das Zimmer in allen Farben.

„Na, was sagst du dazu?“ fragte Rufus. „Wenn das keine tollen Zauberformeln sind!“

Der Kater und die Mäuse wechselten von einer Sekunde zur anderen Farbe und Form, und auch Hannah wurde einmal dick und dann wieder dünn.

„Hör auf damit!“ rief sie. „Willst du uns alle umbringen?“

2 9900-8

Der Lärm in dem Kamin war nun so laut geworden, daß Ellen aus dem Bett sprang und sich vor die Kaminwand stellte. Dahinter knallte und zischte es. Dann wiederum vernahm sie ein Rumpeln und Kreischen. Wenn es jetzt schon so zuging, wie würde es dann erst in der Geisternacht sein? fragte sie sich. Sie hämmerte mit der Faust gegen die Kaminwand, obwohl sie sicher war, daß niemand sie hören würde.

Aber Rufus erschrak zu Tode. Er sprang rasch in sein Bett und zog sich die Decke über den Kopf.

Hannahs dünne Gestalt wurde immer dicker und nahm die Form eines kugelrunden Ballons an.

Die Möbel schwankten und fielen um, die Töpfe und Pfannen drehten sich wild im Kreis. Und als das Durcheinander seinen Höhepunkt erreicht hatte, fiel eine Flasche Ketchup zu Boden und zerbrach in tausend Scherben. Das Ketchup vermischte sich mit dem Zaubermaterial, das auf dem Boden verstreut lag. Einige Sekunden lang herrschte Stille, wie beim Kräftesammeln vor einem heftigen Niesen, und dann gab es eine gewaltige Explosion.

Ellen fiel um vor Schreck. Was war denn das? fragte sie sich und rieb sich ein Knie und die Ellbogen. Dann rappelte sie sich hoch und untersuchte vorsichtig ihre Hände, um sicherzugehen, daß sie sich nicht in einen Frosch verwandelt hatte. Das war gar nicht so einfach in der Dunkelheit, aber ihre Finger schienen rosa zu schimmern. „Gott sei Dank!“ sagte sie laut und atmete erleichtert auf.

Als sich dann eine Weile nichts mehr in dem Kamin rührte, rief sie durch die Wand hindurch: „Ist alles in Ordnung?“

„Blöde Frage!“ kam es gedämpft zurück. „Natürlich nicht.“

„Was ist denn geschehen?“ wollte Ellen wissen.

„Hilfe! Hilfe!“ erklang Rufus’ Stimme.

„Kann ich etwas für dich tun?“ erkundigte sich Ellen.

„Komm schnell aufs Dach herauf!“ rief Rufus zurück.

„Aufs Dach? Wie soll ich denn das anstellen?“ fragte Ellen aufgeregt.

„Das schaffst du! Ganz bestimmt!“ antwortete Rufus.

„Wie denn?“ fragte Ellen. Im gleichen Augenblick vernahm sie hinter der Kaminmauer ein schauriges Wimmern, das von hoch oben zu kommen schien. „Was ist das?“ rief sie.

„Meine Mutter“, sagte Rufus. „Sie ist im Schornstein steckengeblieben. Paß auf, ich sag’ dir jetzt einen Zauberspruch!“

„Einen Zauberspruch?“ fragte Ellen und wußte, daß es jetzt ernst wurde. Sie mußte unwillkürlich an Richard denken, der sicher große Augen machen würde, wenn sie wirklich in einen Frosch verwandelt würde, nachdem er sie den ganzen Abend damit aufgezogen hatte.

Rufus suchte aufgeregt nach dem richtigen Zauberspruch, während Hannahs Wimmern wie die Sirene eines Polizeiautos durch den Schornstein drang.

„Bist du bereit?“ fragte Rufus schließlich.

„Ja“, sagte Ellen.

„Dann hör gut zu“, rief Rufus zurück.

„Ächze, krächze,
dreimal dreh dich,
schnurstracks in die
Luft erheb dich.“

Ellen blickte verwirrt um sich. „Was soll ich jetzt tun?“ fragte sie.

„Du mußt den Zauberspruch nachsprechen“, erklärte ihr Rufus. „Tu, was ich dir gesagt habe. Aber beeil dich!“

Ellen hatte normalerweise keine Schwierigkeiten, Gedichte auswendig zu lernen, aber jetzt hatte sie die größte Mühe, sich zu konzentrieren. Sie holte tief Luft und sagte mit lauter Stimme:

„Ächze, lechze...“

„Nein, *krächze*“, unterbrach Rufus sie.

„Entschuldige“, sagte Ellen.

„*Krächze*, nicht lechze. „*Ächze, krächze*“, schärfte Rufus ihr ein.

„O ja“, sagte Ellen und räusperte sich, ehe sie noch einmal von vorne begann.

„Ächze, krächze,
dreimal...“

Sagtest du dreimal?“

„Ja, ja!“ rief Rufus. *„Dreimal.“*

„Ächze, krächze,
dreimal dreh dich,
schnurstracks in die
Luft erheb dich.“

Ellen sagte den Spruch so schnell sie konnte und wiederholte ihn so oft, bis sie ächzte und krächzte. Dabei drehte sie sich im Kreis, bis ihr schwindlig war. Sie hörte nun noch merkwürdigere Geräusche als vorher. Ein Rasseln und Rattern, ein Keuchen und Brausen, ein Schwirren und Klirren. Das Zimmer schien sich zu drehen, und die Wände sahen plötzlich schwarz und fleckig aus, so als bröckelte die Farbe von ihnen ab.

Es war ihr, als löse sich das Zimmer auf und sie bliebe ganz allein in der Finsternis zurück. Noch nie hatte sie so etwas Unheimliches erlebt, und trotzdem war sie völlig gelassen.

Über ihr tauchte plötzlich die bleiche Mondsichel hinter einer Wolke hervor, und erst jetzt merkte sie, daß sie auf dem Dach stand, das im Mondschein silbrig glänzte. Ihre Augen wanderten zum Schornstein hinauf, der sich pechschwarz vom Nachthimmel abhob, und im fahlen Licht des Mondes konnte sie plötzlich ein Gesicht erkennen, das wütend aus dem Schornstein schaute. Auf den widerborstigen Haaren saß ein hoher, spitzer Hut, der leicht verrutscht war.

Das Gesicht gehörte der Kauzigen Hannah, aber für Ellen war es das komische, grimmige Gesicht, das sich seit einiger Zeit in ihre Träume eingeschlichen hatte.

Ellen wußte nicht, ob sie lachen oder schreien sollte. Doch die Hexe Hannah ließ ihr weder für das eine noch für das andere Zeit, denn für Unentschlossenheit hatte sie kein Verständnis. Sie hatte aufgehört zu wimmern und blickte Ellen fin-

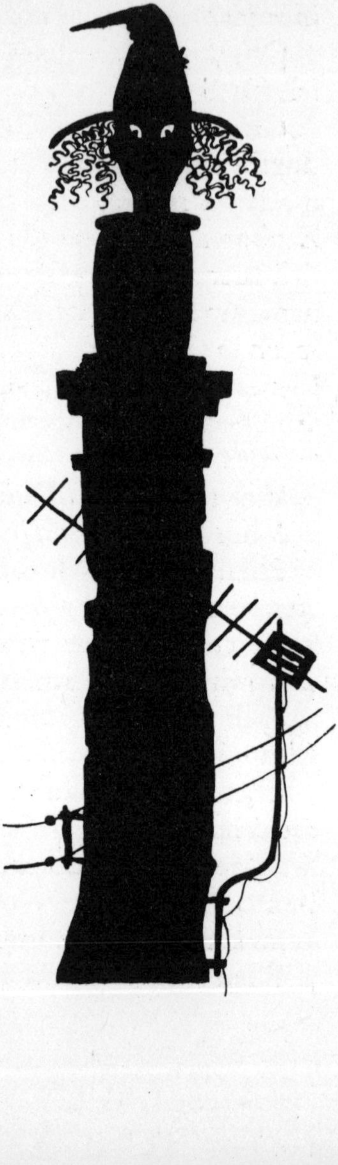

ster an, so als hätte sie etwas verbrochen. „Ich stecke hier fest“, sagte sie vorwurfsvoll. „Hilf mir!“

„Oh, das tut mir leid“, erwiderte Ellen. „Was kann ich für Sie tun?“

„Dieser mißratene Bengel hat alle Zauberformeln durcheinandergebracht und mich kugelrund gemacht. Und jetzt hat er keine Ahnung, wie er den Zauber zurücknehmen kann, und ich muß womöglich hier auf ewige Zeiten ausharren! Wer wird meinem armen Jungen bloß von nun an seine Hafergrütze machen? Und wer schickt ihn zum Unterricht?“ Die Hexe begann laut zu stöhnen und sah Ellen grimmig an. „Steh nicht so dumm rum!“ zischte sie. „Tu endlich was!“

„Was soll ich denn tun?“ fragte Ellen.

„Mich nach unten stoßen!“ erwiderte Hannah.

Ellen kletterte vorsichtig das Dach zum Schornstein empor und nahm der Hexe den Hut vom Kopf. Sie legte ihn neben sich auf den Boden und stemmte sich mit beiden Armen gegen Hannahs Kopf.

„Zieh fest, mein Junge! Zieh!“ brüllte die Hexe zu Rufus hinunter.

Ellen und Rufus versuchten, mit vereinten Kräften die Hexe aus dem Schornstein zu befreien. Ellen drückte sie nach unten, und Rufus zog fest an ihren Beinen.

„Fester, fester!“ kommandierte Hannah.

Ellen legte sich mit ihrem ganzen Gewicht auf die

Hexe, bis sie plötzlich merkte, daß sie ihren Händen entglitt.

Zuerst rutschte Hannah nur ganz langsam hinunter, aber dann schnellte sie in die Tiefe wie ein Korken aus einer Flasche – oder in diesem Fall *in* eine Flasche – und verschwand in der Dunkelheit.

„Sie haben Ihren Hut vergessen!" rief Ellen in den Schornstein hinein. Sie hörte das Echo ihrer Worte, aber keine Antwort. Sie hob den Hut auf und beugte sich, um besser sehen zu können, weit über den Schornstein. Doch da verlor sie das Gleichgewicht und purzelte kopfüber in den Kamin.

In der Hexenwohnung

Ellen fiel tiefer und tiefer den Schornstein hinunter, und nach einem langen finsteren Abschnitt fand sie sich auf dem Rücken liegend in einem von Kerzen erhellten Raum wieder. Zu allem Pech war sie auch noch auf der Hexe gelandet, der Ellens Aufprall aber wenig ausmachte, da sie noch immer rund wie ein Ballon war. Sie brummte nur etwas verärgert und rappelte sich mühsam hoch.

Ellen stand ebenfalls vom Boden auf und blickte sich neugierig in dem Zimmer um. Eine solche Unordnung war ihr noch nie begegnet. Sechs grüne

Mäuse knabberten an einem Stück Hartkäse. Ein schwarz-rot gestreifter Kater starrte von einem Regal herunter. Rufus saß auf einem Berg von Töpfen und Pfannen, und der Eßtisch stand verkehrt herum auf dem Bett.

Die Kauzige Hannah nahm Ellen den Hut aus der Hand und setzte ihn sich wieder auf den Kopf. In ihren Augen war ein wütendes Flackern. Rufus machte ein lammfrommes Gesicht.

Aber Ellen fand das alles äußerst komisch und biß sich auf die Unterlippe, um nicht in schallendes Gelächter auszubrechen. Es war ihr klar, daß die beiden vor Staunen kein Wort über die Lippen bringen würden, und so brach sie das Schweigen und sagte: „Entschuldigung."

„Wofür? Was hast denn du angestellt?" fragte die Hexe und kramte mit grimmigem Gesicht ihr Zauberbuch hervor.

Ellen warf Rufus einen fragenden Blick zu. Als er diesen mit einem Augenzwinkern erwiderte, schaute sie schnell weg.

Die Kauzige Hannah blies gelbe Pulverreste von ihrem Zauberbuch und schlug eine Seite darin auf. Dann holte sie zwischen den Löffeln und Schöpfkellen, die auf dem Boden herumlagen, ihren Zauberstab hervor und nahm eine Handvoll blaues Pulver, das sie langsam durch die Finger rieseln ließ. Dabei murmelte sie:

„Glatt wie ein Wal,
schmal wie ein Aal,
nur Haut und Bein
soll Hexe Hannah sein."

Als das Zauberpulver den Boden berührte, verwandelte es sich in einen Sprühregen aus blauen Funken. Der Zauberstab säuselte und wackelte, und Hannah schrumpfte zusammen wie ein Ballon, aus dem Luft entweicht. Und gleich darauf war sie wieder spindeldürr.

Dann berührte sie mit dem Zauberstab den Kater und die Mäuse und sprach dabei folgende Worte:

„Meine Tiere, groß und klein,
gleich werdet ihr wie früher sein.
Mit einem einzigen Zauberwort
hex' ich euch die Farben fort."

Ein greller Blitz flammte auf, gefolgt von einem lauten Knall, und die Tiere waren wieder die alten.

Dann wandte sich Hannah, die Hände in die Hüften gestemmt und den unbeschreiblichen Zauberblick im Gesicht, ihrem Sohn Rufus zu.

Dieser setzte ein breites Grinsen auf, obwohl ihm nicht zum Lachen zumute war. „Ich habe dir ja gesagt, daß ich schon zaubern kann", sagte er mit belegter Stimme. Der Blick seiner Mutter ließ ihn jedoch gleich wieder verstummen.

Die Kauzige Hannah sah sich an, was von den Zauberformeln auf dem Fußboden noch übriggeblieben war. „Kobolde leisten bessere Arbeit", schimpfte sie vor sich hin. Dann hob sie den Kochkessel vom Boden auf und stellte ihn aufs Feuer, um noch etwas Hafergrütze zu machen.

Rufus saß in dem umgekippten Tisch wie in einem Boot.

„Setz dich!" sagte die Hexe zu Ellen. „Wenn du schon da bist, kannst du auch ein paar Löffel Haferbrei mit uns essen."

Doch Ellen konnte Haferbrei nicht ausstehen. „Nein, danke", sagte sie. „Ich mag keinen Haferbrei."

„Haferbrei mag jeder", erwiderte die Hexe schroff.

„Ich müßte eigentlich im Bett sein", erklärte Ellen ihr. „Deshalb bin ich jetzt auch nicht hungrig."

„Wer schläft schon nachts?" sagte Hannah schnippisch. „Als nächstes wirst du mir weismachen wollen, daß du am Tag zur Schule gehst!"

„Die Leute der wirklichen Welt gehen am Tag zur Schule", platzte Rufus dazwischen. „Das habe ich einmal in einem Buch gelesen."

„Wenn schon... Was kümmert uns die wirkliche Welt?" erwiderte die Hexe.

„Aber *sie* ist doch aus der wirklichen Welt", sagte Rufus und deutete mit dem Daumen auf Ellen. „Ich habe sie hierher gezaubert", fügte er stolz hinzu.

Die Kauzige Hannah schlug die Arme über dem Kopf zusammen. „Leute aus der wirklichen Welt in einer Hexenwohnung! Das ist ja der Gipfel!“ zeterte sie. „Als ich noch ein Kind war, haßten Hexen und Menschen einander.“

„Das tun sie noch immer, Mutter“, beruhigte Rufus sie. „Ich habe aber einen guten Zauberspruch ausgesucht, und er hat funktioniert“, fügte er stolz hinzu. „Wir können sie ja als Gefangene bei uns behalten.“

Ellen hatte schweigend zugehört und hüstelte nun, um die beiden daran zu erinnern, daß sie noch da war und auch ein Wort mitzureden hatte. „Es freut mich, daß ich euch aus der Patsche helfen konnte“, sagte sie besonders höflich. „Ich brauche wirklich keinen Dank dafür, es war mir ein Vergnügen. Aber ich glaube, daß ich jetzt gehen muß. Könntet ihr mir vielleicht sagen, wie ich wieder zurück in mein Schlafzimmer komme?“

Rufus lächelte ihr zu. Seine Mutter runzelte die Stirn. Ellen wußte nicht, wie sie sich verhalten sollte.

„Wir könnten sie ja in einen Käfig sperren und zum Geisterfest mitnehmen“, schlug Rufus vor.

„Was denkst du? Menschen sind dort nicht zugelassen“, knurrte Hannah.

„Wir werden einfach sagen, daß sie eine Hexe ist“, meinte Rufus.

Ellen hüstelte wieder.

Da berührte die Hexe mit der Spitze des Zauberstabs unsanft Ellens Bauch und zischte „Pst!“, als hätte sie einen Hund vor sich.

Ellen fand, daß sie das nicht verdient hatte. Sie entdeckte hinter sich einen dreibeinigen Schemel, der verkehrt herum auf dem Bett lag. Sie drehte ihn um und setzte sich darauf.

„Jetzt hör mir mal gut zu“, fuhr Hannah fort. „Was tun Hexen, wenn sie fremde Kinder in ihrer Wohnung vorfinden?“

Ellen sagte, sie wüßte es nicht – obwohl das natürlich nicht stimmte.

„Sie sperren sie in einen Käfig oder spannen sie zur Arbeit ein“, sagte Rufus übermütig.

Die Hexe sah sich in dem Kaminzimmer um und meinte schließlich: „Wir haben leider keinen Käfig, der groß genug für sie wäre, und daher wird sie arbeiten. Sie kann hier aufräumen und saubermachen. Sie soll gleich nach dem Frühstück damit beginnen, und bis zum Abendessen ist alles blitzblank und tipptopp in Ordnung."

Der Vorschlag mit dem Käfig gefiel Ellen ganz und gar nicht, aber Aufräumen war auch nicht gerade ihre Lieblingsbeschäftigung. Und zu Hause hatte sie sich in der letzten Zeit deswegen mehr Vorwürfe anhören müssen als wegen irgendwelchen Streitigkeiten mit ihren Brüdern. Sie steckte in der Tat in der Zwickmühle. Aber wenn sie lange genug nachdachte, würde ihr schon eine Lösung einfallen. Das war bis jetzt immer der Fall gewesen.

Rufus machte sich fertig für den Zauberunterricht. Er erzählte voller Begeisterung von der Gespensternacht, in der ein riesiges Fest veranstaltet würde. Alle Hexen und Kobolde aus der Umgebung würden kommen und sich mit Spielen, Wettkämpfen und Besichtigungen von Kuriositäten die Zeit vertreiben.

Ellen dachte, daß das sicher noch mehr Spaß machte, als die Straße entlangzuhüpfen.

„Ich finde, wir sollten sie zu dem Fest mitnehmen", sagte Rufus, und Ellen blickte die Hexe erwartungsvoll an. „Sie könnte als Kuriosität vorgezeigt werden.

Wer sie sehen will, muß Eintrittsgeld bezahlen", schlug Rufus vor.

Das ist weniger verlockend, dachte Ellen und betrachtete den blauen Fleck an ihrem Ellbogen, den sie sich bei dem Sturz aus dem Kamin zugezogen hatte.

„Kommt nicht in Frage!" protestierte die Hexe und knallte Rufus eine Schale dampfender Grütze auf den umgekippten Tisch. „Da, iß!" befahl sie.

Diesmal gehorchte Rufus. Er fühlte sich großartig, denn er hatte Ellen zu seiner Gefangenen gemacht, er hatte eine ausgezeichnete Zauberformel gefunden und hielt es jetzt für klüger, sich artig zu benehmen, denn sonst müßte er womöglich in der Geisternacht zu Hause bleiben.

„Ich bin sicher, daß ich heute abend das Medaillon der Mittleren Magie wiederfinde", sagte er undeutlich, den Mund voll heißer Hafergrütze.

Das Medaillon! schoß es Ellen durch den Kopf, und sie blickte Rufus durchdringend an. Ja, das Medaillon lag in der Schatulle auf ihrem Kaminsims! Von Anfang an war ihr klar gewesen, daß es etwas mit der Kaminhexe zu tun hatte. Aber jetzt konnte sie herausfinden, wie es in ihr Zimmer gekommen war.

Doch bevor Ellen den Mund aufmachen konnte, sagte die Kauzige Hannah mit einem dünnen Lächeln auf den Lippen zu Rufus: „Ich habe das Medaillon deines Onkels, des Hexenmeisters Wuzo, poliert.

Jetzt funkelt es nur so. Willst du es dir mal umhängen?"

Rufus, der gerade mit den Fingern seine Grützeschale saubermachte, erstarrte einen Augenblick lang. Ellen entging es nicht, daß sein Gesicht bleich wie Haferbrei wurde.

Die Hexe steckte den Kopf in die Schublade, in der sie das Medaillon der Mittleren Magie aufbewahrt hatte. Das Lächeln um ihre Lippen gefror. „Sonderbar", murmelte sie, „ich könnte wetten, daß ich Onkels Medaillon in diese Schublade gelegt habe." Sie durchwühlte hastig alle Sachen, die auf dem Boden verstreut lagen. Dann kramte sie in den Schränken und schaute auf jedes Regal. „Es muß hier sein!" sagte sie. „Hast du es gesehen, Rufus? Wo um alles in der Welt kann es nur hingekommen sein?"

„Onkels Medaillon?" fragte Rufus. „Welchen Onkel meinst du denn? Und was für ein Medaillon soll das sein?"

„Ich spreche von Onkel Wuzo, dem alten Hexenmeister, und seinem Medaillon", sagte Hannah ungeduldig. „Wo kann es bloß stecken?" Sie sah sich fragend um, und kleine Dunstwölkchen quollen aus ihren Ohren hervor.

„Ah, du meinst wohl das Medaillon der Mittleren Magie, das Onkel Wuzo gehört?" sagte Rufus gedehnt, als hätte er ihre Frage erst jetzt verstanden.

Die Kauzige Hannah packte Rufus an den Schultern und schüttelte ihn, bis ihm Hören und Sehen verging. Er machte ein Gesicht wie jemand, der sich krampfhaft an etwas zu erinnern versucht.

Schließlich, nach vielen Hm-hms, Ach-sos und Achwas dämmerte es Rufus, daß er sich das Medaillon am Abend zuvor ausgeliehen hatte, um eine ganz besondere Zauberformel anzuwenden.

„Aber das Medaillon besitzt starke Zauberkräfte und kann sehr gefährlich sein“, sagte Hannah beunruhigt.

„Ja, es war auch eine starke Zauberformel“, gab Rufus zu.

„Und was ist geschehen?“ wollte seine Mutter wissen, setzte sich auf die Bettkante und vergrub das Gesicht in den Händen.

3 9900-8

„Eigentlich nicht viel“, sagte Rufus. „Nur daß das Medaillon mit einemmal verschwunden war. Ich habe alles versucht, es wieder herbeizuzaubern, aber vergebens. Irgend etwas muß schiefgegangen sein.“

„Schiefgegangen! Schiefgegangen!“ tobte die Hexe und sprang wieder auf die Beine. Sie führte vor Wut einen Tanz auf, und Ellen mußte unwillkürlich an die Ballerina auf ihrer Spieldose denken. „Natürlich ist etwas schiefgelaufen!“ tobte Hannah. „Ohne das Medaillon wird dein Onkel nicht zum Geisterfest kommen! Nicht dieses Jahr und auch nicht das nächste! Klar, daß etwas schiefgegangen ist!“ Sie begann wieder in einem Tobsuchtsanfall wild herumzutanzen und verdrehte die Augen gen Himmel. „Was mache ich bloß mit diesem Jungen?“ rief sie. „Er wird mich noch ins Grab bringen. Ja, er wird mich noch ins Grab bringen!“ Mit diesen Worten riß sie ihren schwarzen Hexenumhang vom Türhaken und holte den Besen aus dem Zauberschrank hervor. „Du räumst jetzt hier auf“, schrie sie Ellen an, „oder ich verwandle dich in einen Frosch!“ Dann wandte sie sich an Rufus: „Und du, mein Junge, du gehst jetzt zum Zauberunterricht. Ich suche inzwischen Onkel Wuzo auf, um herauszufinden, wie wir ihm die Sache mit dem Medaillon am besten verklickern.“

Laut fluchend schoß sie wie eine Rakete den Schornstein hinauf. Alles, was von ihr zurückblieb, war eine dichte Rauchwolke.

Wieder daheim

Rufus wartete, bis das raketenartige Zischen verebbt war, und sagte dann zu Ellen: „Ich glaube, du solltest dich jetzt an die Arbeit machen. Es sieht ja verheerend hier aus!“

Ellen weigerte sich. „Du hast die Unordnung gemacht, und deshalb ist es auch deine Sache, hier aufzuräumen“, sagte sie bestimmt und verschränkte die Arme vor der Brust. „Ich gehe jetzt nach Hause.“

Rufus blieb der Mund offen. „Aber du bist meine Gefangene“, sagte er dann gereizt.

„Nein, das bin ich nicht“, widersprach Ellen. „Ich bin hierhergekommen, um dir zu helfen. Du scheinst das ganz vergessen zu haben. Außerdem habe ich etwas“, fügte sie mit einem Augenzwinkern hinzu, „was du sicher haben möchtest. Und schon deshalb mußt du mich nach Hause gehen lassen.“

„Ich glaube dir kein Wort“, erwiderte Rufus. „Du bist aus der wirklichen Welt, was könntest du da schon haben, was auch ich haben möchte?“

„Ich nehme an, du willst in der Geisternacht nicht daheim bleiben“, sagte Ellen und streichelte den Kater, der aus seinem Versteck hervorgekrochen war und miauend um ihre Beine schlich.

Rufus machte ein langes Gesicht. Er wollte unbedingt in der Geisternacht dabeisein und hatte sich auch schon für den Hexenjungenwettbewerb einen schönen Zauberspruch ausgedacht. Sollte er das Medaillon der Mittleren Magie gewinnen, würde er in den Bund der Mittleren Magier aufgenommen werden, was der Ehrgeiz jedes Hexenjungen war. Nun hatte er aber das Medaillon seines Onkels verloren und würde wieder ein Jahr warten müssen – eine Vorstellung, die ihm schier unerträglich war.

„Ich weiß, wo das Medaillon deines Onkels ist“, sagte Ellen beiläufig.

„Wirklich?“ fragte Rufus, und sein Gesicht erhellte sich schlagartig. Er hob ein mit Lakritzestäbchen gefülltes Einmachglas vom Boden auf, öffnete es und streckte Ellen ein Lakritzestäbchen entgegen. „Nimm!“ sagte er. „Und jetzt verrate mir, wo das Medaillon steckt“, fügte er mit einschmeichelnder Stimme hinzu.

Ellen schleckte Lakritze für ihr Leben gern. Aber sie entschied sich dennoch dafür, sie nicht anzunehmen. Sie schüttelte den Kopf und lehnte dankend ab. „Ich möchte etwas anderes von dir, wenn ich dir das Medaillon zurückgebe“, sagte sie.

Rufus blickte sie verstört an.

„Sieh mal“, begann Ellen, „das Medaillon ist bei mir daheim. Meine Mutter läßt mich heute abend sicher nicht mehr weg. Wenn ich jetzt gehe, kann ich dir morgen früh das Medaillon bringen."

Rufus kaute nachdenklich an einem Lakritzestäbchen und sah dabei aus wie eine wiederkäuende Kuh. Der Kater sprang auf Ellens Knie, und sie streichelte ihn, bis er laut schnurrte.

Rufus heckte einen Plan aus. „Du kannst nicht am Tag zurückkommen", sagte er. „Schon gar nicht vor der Geisternacht. Das wäre zu gefährlich. Geh jetzt nach Hause, und ich komme morgen früh in dein Zimmer und hole mir das Medaillon."

Jetzt fiel zur Abwechslung Ellen ein Stein vom Herzen. Sie schlug Rufus vor, er sollte ihr zeigen, wie sie auf dem schnellsten Weg nach Hause kam. Sie hatte es jetzt sehr eilig, denn sie wollte auf keinen Fall die Hexenwohnung aufräumen.

Rufus begann sogleich in den Sachen seiner Mutter zu wühlen, um das Buch mit den Zaubersprüchen zu finden. Er brauchte einen geeigneten Spruch und etwas Zauberpulver. Dieses war auf dem Teppich verstreut, und Rufus mußte es mit einem Löffel zusammenkratzen. Dann suchte er einen Spruch aus und las ihn mit feierlicher Stimme vor:

„Honigmilch und Haferbrei,
Schinkenbrot und Hühnerei.
Flugs, geschwind, lauf schnell nach Haus,
und schlaf dich bis zum Morgen aus."

Rufus ließ das Zauberpulver durch die Finger rieseln, was nicht einfach war, denn es war mit Tomatenketchup vermischt. Aber es gelang ihm schließlich doch. Wenige Sekunden später fühlte Ellen, daß sie herumgewirbelt wurde, und sie vernahm dabei ein Geräusch, das sie an rauschendes Wasser erinnerte. Durch den Spalt zwischen den gelben Vorhängen sah sie, daß sich die Morgenröte wie Finger über den Horizont tastete. Es war ihr also doch noch gelungen, vor Sonnenaufgang zurückzukommen!

Als sie so dalag, bewegte sich plötzlich hinter dem Vorhang auf dem Fensterbrett ein Schatten. Er verharrte einen Augenblick und sprang dann lautlos auf den Boden. Der Schatten durchquerte das Zimmer und näherte sich Ellens Bett. Dann sprang er auf die Decke und lag schwer auf ihren Füßen. Er surrte wie eine elektrische Zahnbürste.

Ellen hatte mit der Zauberformel den Kater der Kaminhexe mitgebracht!

Als sie am nächsten Morgen erwachte, deutete nichts auf ihr nächtliches Abenteuer hin. War sie wirklich eine Gefangene der Kaminhexe gewesen – oder hatte sie alles nur geträumt? Sie sprang aus dem Bett und rannte zum Kamin. Da stand die Schatulle mit den bunten Zeichen auf dem Deckel! Ellen öffnete sie, und auf dem roten Samt leuchtete ihr das Medaillon entgegen. Sie betrachtete den spitzen Hut und die eingravierten Worte *Medaillon der Mittleren Magie* und fragte sich, was das alles zu bedeuten hatte.

In diesem Augenblick klopfte Richard auf dem Weg nach unten an ihre Tür. „Steh auf, du Schlafmütze, wenn du nicht zu spät kommen willst!" rief er.

Ellen hörte, daß auch ihre Eltern und Toby bereits auf waren. „Ich komme gleich!" rief sie und ging rasch ins Bad. Als sie in ihr Zimmer zurückkam, blieb sie wie versteinert stehen, denn ein großer, schwarzer Kater saß mitten auf ihrer Bettdecke und putzte sich die Ohren.

„Herrje, dich habe ich ja ganz vergessen!" sagte sie. „Du hast mir gerade noch gefehlt." Sie warf einen Blick auf den Flur und schloß dann blitzschnell die Tür.

Wenn der Kater der Hexe sich nun tatsächlich in ihrem Zimmer aufhielt, dann war alles, was sie letzte Nacht erlebt hatte, Wirklichkeit! Und dann würde auch Rufus sie heute morgen aufsuchen, um das Medaillon zu holen.

„Ellen, beeil dich! Sonst kommst du zu spät zur Schule“, rief ihre Mutter von unten herauf.

„Ich komme schon“, antwortete Ellen. Doch sie war sich im klaren, daß sie heute unmöglich zur Schule gehen konnte. Ob sie ihren Eltern sagen sollte, daß schulfrei war? Oder daß sie sich nicht wohl fühlte?

Sie zog den Vorhang auf, und ein strahlender Herbsttag lachte ihr entgegen. Über den roten Ziegeldächern wölbte sich der blaue Himmel, und das Laub der Bäume leuchtete wie Gold.

Endlich, nach langem Suchen, fand Ellen ihren Handspiegel unter einem Stapel von Büchern. Sie warf einen prüfenden Blick hinein und streckte die Zunge heraus. Nein, sie sah nicht krank aus, höchstens etwas müde. Aber nach alldem, was sie letzte Nacht durchgemacht hatte, war das nicht verwunderlich. Es blieb ihr also nichts anderes übrig, als zu einer List zu greifen, auch wenn sie das letzte Mal keinen Erfolg damit gehabt hatte. Vielleicht würde sie diesmal mehr Glück haben.

Sie begann auf dem Boden hin und her zu hüpfen und steigerte zusehends das Tempo. Dann drehte sie sich dabei auch noch im Kreis. Anschließend machte sie mehrere Kniebeugen oder versuchte, bei gestreckten Beinen den Boden mit den Fingerspitzen zu berühren. Zum Schluß sprang sie aufs Bett und hüpfte darauf herum, daß es nur so quietschte.

Der Kater, der noch immer auf der Bettdecke lag, wurde wie in einem Boot hin und her geschaukelt, was ihm gar nicht zu behagen schien.

„Entschuldige“, sagte Ellen und sprang vom Bett herunter, um noch ein paar Kniebeugen zu machen.

Da rief ihre Mutter, sie solle auf der Stelle hinunterkommen und das Herumtoben gefälligst bleibenlassen, bevor der Mörtel von der Decke fiel. Ellen schaute noch einmal in den Spiegel. Ihr Gesicht war puterrot, und Schweißperlen rieselten ihr über die

Stirn wie Sprühregen an einer Fensterscheibe. Nun konnte sie sich sehen lassen.

Mit taumelnden Schritten ging sie hinunter, und ohne sich den Morgenmantel übergeworfen zu haben, setzte sie sich mit einer Leidensmiene an den Frühstückstisch.

Toby schrie und zeterte, weil er seine Corn-flakes nicht aufessen wollte. Vater und Richard aßen Rührei mit Schinken. Richard bekam heute ein besonderes Frühstück, weil er zur Musikprüfung antreten mußte.

Ellens Schale war bereits mit Corn-flakes gefüllt. Sie saß lustlos davor und stammelte: „Ich kann nichts essen, ich kann nicht." Dann täuschte sie einen Hustenanfall vor und blickte ihre Mutter leidend an.

„Du lieber Himmel", rief diese, „du siehst ja elend aus, Kind! Geh sofort wieder ins Bett. Die Schule kannst du für heute vergessen."

„Wahrscheinlich ist sie verhext", meinte Richard. „Drück mir die Daumen, El, und sag deinen Hexenfreunden, sie sollen mir mit einem Zauberspruch bei der Prüfung helfen."

„Marsch ins Bett!" sagte Vater und drückte Ellen zum Abschied einen Kuß auf die Wange.

„Bis bald", hauchte Ellen.

„Also vergiß nicht, mir die Daumen zu drücken", erinnerte Richard sie noch einmal.

„Viel Glück!" murmelte Ellen und kreuzte dabei

die Finger unter dem Tisch, weil sie wünschte, das Gegenteil würde eintreffen.

Ihre Mutter und Toby begleiteten Vater und Richard zur Tür, während Ellen am Frühstückstisch sitzen blieb. Sie hatte einen Bärenhunger, aber sie durfte das nicht zeigen, denn das würde ihren Plan zunichte machen.

Als ihre Mutter mit Toby wieder in die Küche kam, stieg Ellen mit schleppenden Schritten die Treppe hoch. In ihrem Zimmer angekommen, sprang sie mit einem Satz ins Bett.

Die Katze der Kaminhexe wartete bereits laut schnurrend auf sie.

„Weißt du, wann Rufus das Medaillon holen kommt?“ fragte Ellen den Kater, aber dieser kratzte sich nur ausgiebig. Dann begann er wieder zu schnurren. „Es gefällt dir hier, nicht wahr?“ sagte Ellen und streichelte sein schwarzglänzendes Fell. Sie sprang aus dem Bett, um die goldene Schatulle zu holen, und stellte sie neben sich auf das Kopfkissen. „Glaubst du, daß ich einen Wunsch frei habe, wenn ich Rufus das Medaillon zurückgebe?“ fragte sie den Kater – und es sah so aus, als nickte er. „Ich wünsche mir, daß Richard die Prüfung nicht schafft und bei uns bleibt. Er darf nicht zu Großmutter ziehen, er gehört zu uns. Ja – ich gebe Rufus das Medaillon nur dann zurück, wenn ich einen Wunsch frei habe!“

Da ertönte die Stimme ihrer Mutter von unten

herauf. Sie erkundigte sich, ob Ellen im Bett frühstücken wollte.

„Ja", rief Ellen und hatte Mühe, ihre Begeisterung zu verbergen. Sie sperrte rasch den Kater in den Kleiderschrank und ermahnte ihn, nicht zu schnurren. Dann versteckte sie die goldene Schatulle unter der Bettdecke.

Als ihre Mutter das Frühstück brachte, maß sie Ellens Temperatur, gab ihr ein paar Löffel Medizin und riet ihr, ein wenig zu schlafen.

Ellen ließ alles über sich ergehen und bat Toby, nicht vor ihrer Tür mit seinem Flugzeug zu spielen. Dann aß sie ihr Frühstück, und als sie damit fertig war, stellte sie das Tablett auf den Boden und ließ sich in die Kissen fallen.

Die Kobolde

Eine Stunde später erwachte sie, und ohne lange zu überlegen, sprang sie aus dem Bett. Sie öffnete den Kleiderschrank, um sich anzuziehen. Da stolzierte mit hoch erhobenem Schwanz der Kater heraus und sprang mit einem Satz auf die Fensterbank. Ellen zog flink Jeans und einen Pullover an und fuhr sich mit den Fingern durch die Haare, weil sie in der Eile keinen Kamm finden konnte. Sie hörte, wie ihre

Mutter unten im Erdgeschoß geschäftig auf und ab ging.

Sie wird jetzt nicht heraufkommen, dachte Ellen. Rufus muß jeden Augenblick dasein. Er hätte schon längst kommen müssen. Wer weiß, wo er wieder steckt! Ob er mich vergessen hat?

Ellen klopfte zaghaft an die Kaminwand, denn sie wollte nicht die Kauzige Hannah stören. Aber als sich nichts rührte, klopfte sie stärker. Und als es dann noch immer still hinter der Kaminwand blieb, hämmerte sie mit den Fäusten dagegen und rief: „Hallo, hallo!"

Gerade als sie den Entschluß gefaßt hatte, nun doch noch zur Schule zu gehen und Rufus einfach zu versetzen, brummte hinter der Kaminwand eine verschlafene Stimme: „Was willst du denn?"

„Ich dachte, du wolltest zu mir kommen", flüsterte Ellen laut. „Ich habe deinetwegen die Schule geschwänzt."

„Aber es ist doch mitten am Tag!" sagte Rufus verwundert.

„Du hast mich ja auch mitten in der Nacht geweckt", erinnerte Ellen ihn.

„Das ist etwas anderes", meinte Rufus. „Du bist aus der wirklichen Welt, und von dir wird nicht erwartet, daß du bei uns herumspukst, während wir schlafen."

„Aber du hast doch gesagt, daß du das Medaillon holen würdest", rief Ellen ungehalten zurück.

Rufus gähnte herzhaft, und es klang beinahe so laut wie das Nebelhorn eines Leuchtturms. „Ach ja, das Medaillon“, dämmerte es ihm. „Ich komme gleich.“

Ellen saß mit übergeschlagenen Beinen auf dem Bett und dachte über den Wunsch nach, den Rufus ihr erfüllen sollte. Es dauerte nicht lange, und sie vernahm dumpf folgende Worte aus dem Kamin:

„Holterdiepolter,
simsalabim,
mit lautem Gepolter
bei Ellen ich bin.“

Im gleichen Augenblick tauchte Rufus aus einem silbernen Funkenregen und einer grünen Rauchwolke auf. Er strahlte über das ganze Gesicht, während er voller Stolz sagte: „Ich habe dir doch gesagt, daß ich mich mit Zaubersprüchen auskenne!“

Alles wäre anders gekommen, wenn Rufus allein erschienen wäre. Aber er hatte den Besen seiner Mutter mitgebracht. Der war groß und unhandlich, und Ellens Zimmer war zu klein dafür. Als Rufus sich umdrehte, streifte er mit dem Besen die Gegenstände auf dem Kaminsims, die gleich darauf klirrend zu Boden fielen.

„Oh, das tut mir aber leid“, sagte Rufus, machte aber dabei ein recht unbekümmertes Gesicht. Dann trat er einen Schritt zurück, um sich den Schaden, den er angerichtet hatte, anzusehen, und stieß dabei mit dem Besenstiel gegen die Fensterscheibe.

Der Kater verkroch sich blitzartig unter dem Bett. Er war derlei Vorkommnisse gewöhnt.

Es klang wie Tschinellen, die gegeneinanderschlagen, als das Fenster zerbarst und die Scherben klirrend zu Boden fielen.

„Oh, das tut mir aber leid“, sagte Rufus abermals.

Ellen stand wie versteinert da. „Sieh mal, was du angerichtet hast!“ sagte sie mit weinerlicher Stimme.

Rufus lachte verlegen. „Das ist halb so wild“, meinte er, während er mit dem Daumen auf das Loch im Fenster zeigte. „Ich kenne jemanden, der das im Nu repariert.“

„Im Nu?“ fragte Ellen. „Und was tun wir, wenn meine Mutter schon vorher hereinkommt?“

Als sie durch das Loch in der Fensterscheibe sahen, fielen auch noch die letzten Scherben klirrend zu Boden.

„Hast du was zerbrochen?“ hörten sie Ellens Mutter von unten heraufrufen.

„Nein, nein, es ist nichts“, sagte Ellen mit zuversichtlicher Stimme und atmete erleichtert auf, daß ihre Mutter nicht nachsehen kam. „Und wie willst du das Fenster im Nu reparieren?“ wandte sie sich an Rufus und sagte, sie würde ihm das Medaillon nicht zurückgeben, wenn das Fenster nicht wieder in Ordnung käme. Außerdem schien ihr die Gelegenheit günstig, ihm mitzuteilen, daß sie einen Wunsch frei haben wollte.

„Darüber reden wir später“, sagte Rufus mit einem Augenzwinkern und setzte sich rittlings auf den Besenstiel. „Zuerst müssen wir die Zauberformel für das Fenster finden...“

„Und das alles im Nu!“ sagte Ellen schnippisch. „Laß bitte das Augenzwinkern. Das stört mich.“

„Komm, setz dich hinter mich auf den Besenstiel!“ forderte Rufus sie auf und tänzelte unruhig hin und her.

Ellen nahm hinter ihm Platz. Gleich geht's los, dachte sie.

Rufus hatte etwas Zauberpulver in der Hosentasche. Er nahm eine Handvoll heraus und ließ es durch die Finger gleiten. Dann sagte er laut und deutlich:

„Finster ist die Nacht,
und schwarz der Hexen Macht.
Nur ein einzig Zauberwort,
und schon sind wir weit, weit fort.“

Er zog mit der Hand drei Kreise in die Luft, klopfte zweimal mit dem Besenstiel auf den Boden, und gleich darauf flogen sie hinaus durch das zerbrochene Fenster.

Sie saßen wie auf einer Feuerrakete, die aus den Fugen geraten war. Ein Tosen und Zischen erfüllte die Luft. Der Fahrtwind blies ihnen eiskalt entgegen. Sie schwebten über die Dächer der Stadt und ließen große, weiße Kreise auf dem klaren Herbsthimmel zurück.

Mir wird sicher übel! dachte Ellen, je höher sie flogen. Aber dem war nicht so. Im Gegenteil, die Sache begann ihr richtig Spaß zu machen.

„Hurra!“ rief sie ausgelassen, als sie plötzlich in die Tiefe schossen und sie ein flaues Gefühl in der Magengegend verspürte, wie auf einer Schaukel, die kurz vor dem Umkippen ist. „Das ist ja phantastisch!“

Sie flogen über unzählige Dächer und dichtgedrängte Schornsteine. Auf einem von ihnen setzten sie schließlich zur Landung an. Ellen stieg von dem

4 9900-8

Besen herunter wie von einem Herrenfahrrad.

„Komm mit mir!“ sagte Rufus, der den Besen an den Schornstein lehnte. Gleich darauf sprang er in den Kamin hinein.

Ellen folgte ihm. Sie ließ sich durch den schmalen Schornstein gleiten, bis sie endlich mit einem heftigen Aufprall auf dem Boden landete. Sie fand sich wieder in einem langen Saal, der an ein großes Krankenzimmer erinnerte. Gerade als sie sich hochrappeln wollte, flog ein Becher an ihr vorbei, verfehlte nur um Haaresbreite ihr linkes Ohr und zerschellte an der Wand hinter ihr.

„Das ist der Schlafsaal der Kobolde“, erklärte ihr Rufus. „Eine glückliche Zauberhand“, sagte er freundlich zu einer kleinen Gestalt, die in einem der Betten unter einer Patchworkdecke lag.

Ellen konnte nur eine Schlafmütze erkennen.

„Hexenjunge, es ist mitten am Tag“, zirpte eine dünne Stimme.

„Hexenjunge, es ist mitten am Tag“, ertönte es gleichzeitig aus mehreren Betten.

„Wir müssen mit euch reden, es ist sehr wichtig“, sagte Rufus und zog dem Kobold die Patchworkdekke weg. Er lag so fest zusammengerollt da, daß man gar nicht erkennen konnte, welches Ende welches war. Seine spindeldürren Ärmchen griffen nach dem Wecker auf dem Nachttisch, und schon flog dieser durch die Luft.

„Verfehlt!“ rief Rufus, der sich noch rechtzeitig bücken konnte.

„Komm wieder, wenn es Nacht ist!“ schnarrte eine Stimme vom anderen Ende des Saales.

„Ja, komm wieder, wenn es Nacht ist“, sagte der Kobold mit der Patchworkdecke und zog sie sich wieder über die Nase.

„Das geht nicht“, erwiderte Rufus. „Wir brauchen dringend einen Zauberspruch. Warte, ich mach dir einen Becher heiße Schokolade.“ Mit diesen Worten ging er quer durch den Saal auf den kleinen Ofen zu, um Milch aufzusetzen. „Kobolde fühlen sich immer besser, wenn sie etwas Heißes im Bauch haben“, erklärte er Ellen.

Der Kobold unter der Patchworkdecke hieß Bobkobold. Als er aus dem Bett sprang, um die heiße Schokolade zu trinken, konnte Ellen sehen, daß sich unter seinem roten Nachthemd ein kleiner, dicklicher Körper mit spindeldürren Armen und Beinen verbarg. Die anderen Kobolde blieben liegen.

Bobkobold trank laut schlürfend die Schokolade. „Eine glückliche Zauberhand", sagte er, als er den Becher leer getrunken hatte. Dann wischte er sich mit dem Handrücken den Mund ab und meinte: „Du möchtest also einen von Bobkobolds Zaubersprüchen, nicht wahr?"

„Ja, bitte", sagte Rufus.

„Komm wieder, wenn es Nacht ist. Komm wieder, wenn es Nacht ist", brummten die anderen Kobolde.

„Rufus hat das Fenster in meinem Zimmer eingeschlagen", erklärte Ellen dem Kobold und versuchte die zahlreichen Stimmen aus den Betten zu übertönen.

„Ein eingeschlagenes Fenster! Hurra!" rief Bobkobold und warf den leergetrunkenen Becher gegen die Wand. „Ein eingeschlagenes Fenster, Kobolde! Habt ihr das gehört?"

„Ein eingeschlagenes Fenster! Ein eingeschlagenes Fenster!" wiederholten die anderen im Chor.

„Kobolde machen für ihr Leben gern Sachen kaputt, um sie nachher wieder zu flicken", klärte Rufus Ellen auf.

„Wir hofften, ihr würdet das Fenster wieder in Ordnung bringen“, sagte Ellen zu Bobkobold.

„Sie ist aus der wirklichen Welt“, erklärte Rufus Bobkobold, als würden sich nur Leute aus der wirklichen Welt über eine zerbrochene Fensterscheibe aufregen.

Das Lächeln in Bobkobolds Gesicht gefror schlagartig. „Aber wir Kobolde mögen die Leute aus der wirklichen Welt nicht“, sagte er.

„Ich weiß, aber *sie* ist anders“, meinte Rufus und deutete mit dem Daumen auf Ellen. „Nur etwas unwissend. Sie hat das Medaillon meines Onkels und will es nur dann herausrücken, wenn ich ihr einen Wunsch erfülle. Sie wird vielleicht in der Geisternacht dabeisein.“

Bobkobolds Gesicht wurde noch länger. „Was? Leute aus der wirklichen Welt auf unserem Fest?“ empörte er sich. „Nein, beim allerhöchsten Hexenmeister, das dürfen wir nicht zulassen!“

„Wirkliche Leute auf dem Gespensterfest?“ riefen die Kobolde im Chor.

„Wir können ja sagen, daß sie eine Hexe ist“, schlug Rufus vor.

Bobkobold sprang unruhig von einem Bein auf das andere. „Eine Hexe, eine Hexe“, überlegte er. „Aber sie sieht nicht aus wie eine Hexe.“

„Sie ist anders als die Leute aus der richtigen Welt“, sagte Rufus. „Sie steht mitten in der Nacht auf und läßt sich auf Zaubersprüche ein. Ihr könnt euch auf sie verlassen."

Doch Bobkobold zögerte noch immer. Er trat ganz nahe an Rufus heran und flüsterte ihm zu: „Und wenn die Gruselgespenster kommen?"

Ein Zittern und Schaudern ging durch die Betten, aber die Kobolde blieben diesmal stumm.

„Oh, sie fürchtet sich nicht", meinte Rufus stolz.

„Nein, ich fürchte mich nicht, weil ich gar nicht weiß, was Gruselgespenster sind", sagte Ellen verärgert. Sie konnte es nicht ausstehen, daß man sich über ihren Kopf hinweg über sie unterhielt.

Rufus mußte Bobkobold noch einen Becher Schokolade machen. Als er ihn ausgetrunken und an die Wand geknallt hatte, erwachten endlich seine Lebensgeister. „Keine Bange, nur keine Bange", sagte er. „Und nun zu dem zerbrochenen Fenster."

„Das Fenster, das Fenster! Mach endlich weiter mit dem blöden Fenster!" riefen die Kobolde aus den Betten, und Bobkobold schickte sich an, nach einem Zauberspruch für Rufus und Ellen zu suchen.

Bobkobolds Zaubersprüche lagen verschlossen in dem Schrank neben seinem Bett. Es waren große, schwere Bücher mit unzähligen Eselsohren. Als Bobkobold ein Buch hervorzog, fielen die anderen auf den Boden. Er suchte verzweifelt in dem Bücherberg nach seiner Nickelbrille, und als er sie endlich gefunden hatte, setzte er sie sich auf die Nase. Er blätterte in dem Buch, nach dem er als erstes gegriffen hatte, und als er die gewünschte Seite aufgeschlagen hatte, las er laut daraus vor. „Eingeschlagene Fensterscheiben... Moment mal... Eingeschlagene Autofenster, eingeschlagene Busfenster. Eingeschlagene Dachbodenfenster... Ja, hier steht es – eingeschlagene Schlafzimmerfenster! Man benötigt dazu eine Glasscheibe, etwas Fensterkitt, eine Leiter und einen geschickten Handwerker." Er blickte Ellen und Rufus über den Rand seiner Brille an und sagte: „Aber so habt ihr euch das natürlich nicht vorgestellt."

„Nein, nicht ganz so", gab Ellen zu. „Wir dachten, da du ein Kobold bist, würdest du einen schnelleren Weg kennen."

„Hm, hm", brummte der Kobold und dachte angestrengt nach. Dann las er weiter: „In dringenden Fällen versuche man folgendes... Man sage laut vor sich hin:

Tief überm Wasser schwebe,
hoch in die Luft dich erhebe,
ans Fenster klopfe, eins, zwei, drei,
und im Nu ist es wie neu.

Dann verwende man erstens Zauberpulver (ockerfarben, mittlere Stärke). Man befolge zweitens die im Zauberspruch enthaltene Anleitung und drücke drittens fest die Daumen."

Bobkobold klappte das Buch zu und nahm die

Brille von der Nase. Dann führte er einen kurzen Tanz auf und kicherte ein paarmal. Das Ganze wurde untermalt von dem Chor der Kobolde, die brummten: „Komm wieder, wenn es Nacht ist!“

„Ist es das, was du dir vorgestellt hast?“ fragte Bobkobold Ellen. Er hüpfte in dem Saal herum und sprang dann auf sein Bett, wo er weitere Luftsprünge machte.

„Ja, ich denke schon“, erwiderte Ellen und versuchte der hüpfenden Gestalt mit den Augen zu folgen. Es war gar nicht so einfach, mit einem so quirligen Wicht zu reden.

Bobkobold nahm eine Handvoll ockerfarbenes Zauberpulver aus einer Schublade seines Schrankes und gab es Rufus. „Sei vorsichtig“, riet er ihm. „Aber nun fort mit euch, und kommt erst wieder, wenn es Nacht ist.“

„Ja, gerne“, sagte Ellen. „Und vielen Dank!“

„Eine glückliche Zauberhand, Bobkobold“, sagte Rufus. Bobkobold holte nun alle seine Bücher aus dem Schrank und warf sie in die Luft, so daß sich die Seiten lösten und wild durcheinanderflatterten.

„Kobolde machen für ihr Leben gern Sachen kaputt, um sie nachher wieder zu flicken“, erinnerte Rufus Ellen.

„Ja, das sehe ich“, meinte Ellen. „Danke, Bobkobold. Und eine glückliche Zauberhand!“

„Eine glückliche Zauberhand! Eine glückliche Zauberhand!“ ertönte es von allen Ecken und Enden, und Bobkobold schlüpfte wieder in sein Bett und rollte sich zusammen.

Ellen streifte seine Patchworkdecke glatt und stieg dann wieder mit Rufus in den Schornstein.

Am Teich

Dann standen sie wieder auf dem sonnenbeschienenen Dach, wo sie den Hexenbesen, an den Schornstein gelehnt, zurückgelassen hatten. Sie setzten sich rittlings auf den Besenstiel. Rufus wiederholte den Zauberspruch, und schon sausten sie durch die Luft. Es ging über Häuser und Straßen. Dann beschlossen sie, etwas tiefer zu fliegen, damit sie den regen Autoverkehr besser beobachten konnten. Die Fahrzeuge sahen von hier oben aus wie Spielzeug. Sie machten einen Umweg um ein paar hohe Bürogebäude und spähten beim Vorbeifliegen neugierig durch die Fenster. Dann flogen sie noch über Ellens Schule, aus der die ersten Kinder auf den Pausenhof strömten. Ellen winkte ihnen und schrie hallo, aber niemand hob den Kopf. Sie wünschte sich, Richards Klassenzimmer zu entdecken, damit sie ihn von der Prüfung ablenken konnte. Aber sie fand es nicht.

„Wir sollten lieber zu deinem Zimmer zurückflie-

gen“, sagte Rufus schließlich.
„Ja, du hast recht“, stimmte Ellen ihm zu.
„Aber zuerst müssen wir tief überm Wasser schweben“, sagte Rufus.

„Tief überm Wasser schwebe,
hoch in die Luft dich erhebe,
ans Fenster klopfe, eins, zwei, drei,
und im Nu ist es wie neu.“

Sie sagten den Spruch so oft auf, bis sie ihn auswendig konnten.
„Auf der Heide gibt es einen Teich“, sagte Ellen.
„Ja, richtig!“ rief Rufus und schnippte mit den Fingern. „Als wir heute nacht darüberflogen, schimmerte er wie Glas. Schnell, halt dich fest!“
Und schon sausten sie durch die Luft. Es dauerte nicht lange, bis sie unter sich die Heide mit dem Teich erblickten. Ein Bach mündete in ihn, und von oben sah das Ganze wie ein Pingpongschläger aus. Auf der Heide, auf der Menschen mit ihren Hunden spazierengingen oder auf Bänken Platz genommen hatten, standen auch vereinzelte Baumgruppen und Sträucher. Ihr Laub leuchtete in allen Farben: rot, golden, orangerot, braun und vereinzelt auch noch grün. Auch um den Teich herum standen Bäume und Sträucher.
Mit einem übermütigen Jauchzer setzte Rufus zum Tiefflug auf die Bäume an. Dabei purzelte er aber von

dem Besen herunter und konnte sich gerade noch an einem Ast festklammern. Er hing wie ein Affe in dem Baum, lachte und strampelte mit den Beinen.

Ellen aber saß nun allein auf dem Besenstiel, der sich ganz von selbst wieder in die Lüfte erhob. „Rufus! Rufus!“ rief sie wütend. „Rufus! Hol mich sofort herunter! Laß mich nicht allein hier oben!“

„Du mußt nur den rechten Ellbogen nach links drehen und den linken nach rechts“, rief Rufus ihr zu, und seine Stimme klang durch die Entfernung ganz leise.

Ellen schwankte bedrohlich hin und her. Sie überschlug sich und konnte gerade noch den Absturz in ein Gebüsch verhindern. Schließlich gelang es ihr doch, auf den Baum zuzusteuern, von dem aus sie in die Höhe gestiegen war. Ihr Herz klopfte so laut wie eine Buschtrommel.

Rufus griff mit beiden Händen nach dem Besenstiel und zog sich daran hoch. Dann setzten sie wieder gemeinsam den Weg fort.

„Du könntest in der Geisternacht beim Besen-Wettfliegen mitmachen", sagte Rufus. „Du gibst überhaupt eine recht gute Hexe ab."

„Ich will aber keine Hexe sein", sagte Ellen entschieden, „und ich gebe dir auch nicht das Medaillon zurück, wenn du mir noch einmal einen solchen Streich spielst. Das hätte wirklich schiefgehen können!" Sie schmiegte sich fest an Rufus an und schlang beide Arme um ihn, damit sie nicht noch einmal allein auf dem Besen zurückblieb.

Rufus war in Gedanken versunken. *„Tief überm Wasser schwebe"*, murmelte er vor sich hin. „Das wird nicht einfach sein, bei den vielen Bäumen. Sollten wir voll auf sie zusausen, müssen wir rechtzeitig abspringen."

„Ohne Fallschirm?" fragte Ellen.

Aber Rufus war noch immer mit seinen Gedanken beschäftigt und antwortete nicht.

Sie jagten über die Bäume hinweg, und dann ging es im Sturzflug der schimmernden Wasseroberfläche entgegen.

„Zieh die Beine ein!" rief Rufus, als es so aussah, als würden sie das Wasser streifen. Doch Ellens Füße berührten bereits die Wasseroberfläche und hinterließen eine lange, tiefe Bremsspur. Dann spürten sie, wie der Besen unter ihnen immer stärker schwankte und sich zickzackförmig weiterbewegte.

Die Bäume kamen ihnen mit rasender Geschwindigkeit entgegen.

„Ich krieg' den Besen nicht hoch!" schrie Rufus. „Schnell, spring ab, bevor es zu spät ist!"

Ellen sprang.

Rufus hielt sich die Nase zu und sprang ihr nach in den Teich. Der Besen aber steuerte allein auf die Baumgruppe zu. Das Säuseln und Zischen endete mit einem dumpfen Aufprall und einem lauten Krachen, und es klang ganz so, als wäre der Besenstiel auseinandergebrochen. Dann war es mucksmäuschenstill.

Das Wasser war nicht so kalt, wie Ellen befürchtet hatte. Sie sank tiefer und tiefer, und um sie herum wurde es immer dunkler. Grüne Schlingpflanzen schienen ihr zuzuwinken, und ein Fisch huschte neugierig an ihr vorbei. Sie fühlte, wie ihr die Luft ausging, und ein beklemmendes Gefühl machte sich in ihrer Brust breit. Gerade als sie schon dachte, nie wieder aufzutauchen, spürte sie eine feste Hand an ihrem Arm, die sie in die Höhe zog. Rufus, der schwimmen konnte wie ein Frosch, zog sie zur Wasseroberfläche hinauf.

Ellen atmete tief ein. Sie mußte jede Menge Wasser geschluckt haben, denn sie hustete und spuckte.

Rufus schlug ihr mit der Hand so fest auf den Rücken, daß sie gleich wieder untertauchte. Aber er zog sie in der gleichen Sekunde wieder hoch.

„Danke", keuchte Ellen. Doch in Wirklichkeit hätte sie Rufus viel lieber zum Teufel gewünscht.

„Gern geschehen", erwiderte Rufus, dem die Haare tief über die Augen hingen. Er strich sie sich mit einer Handbewegung aus der Stirn.

Ellen befürchtete schon, daß jetzt wieder das blöde Augenzwinkern kommen würde, aber sie hatte sich geirrt.

Dann schwammen sie – oder vielmehr kämpften sie sich – ans Ufer des Teiches. Nach einer kurzen Verschnaufpause beschlossen sie, keine Zeit zu verlieren und sich sogleich auf die Suche nach dem Besen zu

machen. Sie fanden ihn schließlich, in zwei Hälften zerbrochen, zwischen den Bäumen.

Ellen und Rufus froren in ihren nassen Kleidern und klapperten mit den Zähnen.

„Vie-vie-vielleicht kann jeder von uns auf einer Besenhälfte fliegen“, schlug Ellen vor.

„Da-da-das geht nicht“, meinte Rufus. „Zerbrochene Besen fliegen nicht.“

Sie hockten sich unter die Bäume und untersuchten die beiden Besenteile, und unter ihren Füßen bildeten sich kleine Wasserpfützen.

„Wi-wi-wir müssen zu Fuß nach Hause gehen“, sagte Ellen.

Doch Rufus wollte nicht so recht. „Hexenjungen gehen tagsüber nie spazieren“, erklärte er Ellen, „und auch nachts gehen sie selten zu Fuß. Wir werden auf alle Fälle wieder mit einem Besen nach Hause fliegen. Komm, folge mir.“ Mit diesen Worten hob er den abgebrochenen Besen auf und nahm ihn mit. Ellen nahm das Stielende und stapfte hinterdrein.

Rufus führte sie zur Hütte des Bademeisters. Er öffnete die Tür und ging hinein. Ellen blieb draußen stehen. Sie fröstelte in den triefnassen Kleidern und fragte sich, warum ausgerechnet jetzt weit und breit kein Mensch zu sehen war, der ihr helfen könnte.

Rufus trat mit strahlendem Gesicht aus der Hütte. In der Hand trug er einen ganz gewöhnlichen Besen. „Wir nehmen diesen“, sagte er.

„Aber der sieht ja ganz anders aus", rief Ellen ihm lachend entgegen. „Hast du schon mal eine Hexe auf einem modernen Besen fliegen sehen?"

„Einmal muß es das erste Mal sein", erwiderte Rufus.

Sie ließen den zerbrochenen Besen in der Hütte zurück und nahmen den neuen mit, der aussah, als würde er besser kehren als der alte.

Übermütig kichernd schwangen sie sich auf den Besenstiel und warteten darauf, daß er vom Boden abhob.

„Finster ist die Nacht,
und schwarz der Hexen Macht.
Nur ein einzig Zauberwort,
und schon sind wir weit, weit fort",

versuchten sie feierlich vor sich hin zu sprechen, aber sie brachen dabei in schallendes Gelächter aus und mußten immer wieder von vorne anfangen.

Dann wollte Rufus etwas Zauberpulver durch die Finger rieseln lassen, aber er fand in seiner Hosentasche nur einen harten, feuchten Klumpen.

„Auch in hundert Jahren wird das nicht funktionieren!" sagte Ellen, der vor Lachen die Tränen über die Wangen liefen.

„Pst", machte Rufus, „ich konzentriere mich", und bemühte sich, ernst zu bleiben.

Als der Zauberspruch noch immer nicht wirkte,

fragte Ellen wieder: „Warum gehen wir nicht zu Fuß nach Hause?“

Doch Rufus gab sich nicht so schnell geschlagen. Eines Tages wollte er schließlich ein großer Hexenmeister sein, und deshalb durfte er jetzt nicht gleich die Flinte ins Korn werfen. Und schon gar nicht wegen eines abgebrochenen Besenstiels!

Aber da war noch seine Mutter, der er Rede und Antwort stehen mußte, wenn er zu Fuß und ohne ihren Besen nach Hause kam.

„Vielleicht sollten wir uns verkehrt rum draufsetzen“, schlug Ellen vor. Sie drehte sich um, und wieder begann sie zu lachen. „Wir sehen sicher urkomisch aus“, meinte sie. „Jetzt sollte mich Richard sehen! – Oh, ich muß niesen! Wahrscheinlich habe ich mich schon erkältet. Ha-ha-hatschi!“

Niemand in Ellens Klasse konnte so laut niesen wie sie, aber dieser Niesanfall stellte alle vorhergegangenen in den Schatten. Es war, als wäre soeben eine Rakete gezündet worden. Der Besen des Bademeisters wurde in die Luft gewirbelt, und – schwupps – flogen sie über die Bäume.

Rufus und Ellen klammerten sich an dem Besenstiel fest.

„Na, habe ich dir nicht gesagt, daß ich mich mit Zaubersprüchen auskenne?“ freute sich Rufus.

„Unglaublich, was ein Niesanfall alles bewirken kann!“ staunte Ellen.

5 9900-8

„Mit deinem Niesen und mit meinen Zaubersprüchen gelingt uns alles“, sagte Rufus, und Ellen stimmte ihm zu.

Sie flogen höher und höher und ließen dabei große, weiße Kreise auf dem blauen Herbsthimmel zurück.

Das Fenster

Endlich erblickten sie Ellens Haus unter sich. Das Schlafzimmerfenster war noch immer ohne Glas.

Wolken kamen auf, und der Himmel verfinsterte sich. Ellen befürchtete, es könnte zu regnen anfangen, bevor das Fenster wieder in Ordnung war.

So sagten sie schnell den Zauberspruch auf. Dann kreisten sie dreimal an dem Fenster vorbei und klopften an den Fensterrahmen. Beim vierten Mal verstreute Rufus etwas Zauberpulver, das in der Zwischenzeit getrocknet war. Wie in einem Film, der in umgekehrter Richtung abgespult wird, flogen die Glasscherben vom Boden und von der Fensterbank in den Fensterrahmen zurück. Mit einem lauten „Klick“ fügte sich ein Stück an das andere, und im Nu war das Fenster wie neu.

Rufus fühlte sich großartig. Noch nie waren ihm in so kurzer Zeit so viele Zaubersprüche geglückt! Ellen gefiel ihm von Minute zu Minute besser, und er wartete darauf, von ihr bewundert zu werden.

Aber sie sagte nur: „Das hast du wirklich gut gemacht."

Dann drehten sie eine weitere Runde und bestaunten noch einmal das Fenster.

„Und wie soll ich jetzt in mein Zimmer kommen, wo das Fenster ganz ist?" fragte Ellen Rufus.

„Gut, daß du danach fragst", erwiderte Rufus.

„Warum gut?" wollte Ellen wissen.

„Weil ich es gut finde, daß du danach fragst", meinte Rufus und zwinkerte Ellen zu. „Aber ich kann dir deine Frage nicht beantworten."

Sie umkreisten eine Fernsehantenne, bevor sie schließlich zur Landung auf das Dach ansetzten, wo sie in aller Ruhe nachdenken wollten.

Weil ihre Kleider noch feucht waren und der Himmel immer schwärzer wurde, setzten sie sich dicht aneinandergedrängt auf dem Dach nieder und überlegten eine Weile fieberhaft.

Doch Rufus fiel keine Lösung ein, was er seiner Müdigkeit zuschrieb.

„Dann laß uns doch das Zauberbuch holen", schlug Ellen vor. „Euer Schornstein ist ganz in der Nähe. Außerdem wird es bald regnen."

Rufus war nicht erpicht darauf, Ellen wieder mit in den Schornstein zu nehmen, noch dazu am hellichten Tag. Auch war seine Mutter nicht gut auf Ellen zu

sprechen, und tagsüber war sie noch mürrischer als nachts.

„Wir werden ganz leise sein", sagte Ellen. Sie fror erbärmlich, denn nun war auch noch ein kalter Wind aufgekommen.

Rufus zuckte mit den Achseln. „Meinetwegen", brummte er mißmutig. „Dann komm!" Er kletterte flink das Dach hinauf, und Ellen kroch auf allen vieren hinterher. Sie tat sich sichtlich schwerer als Rufus, der mit einem Satz auf den Schornstein gesprungen war. Am Abend zuvor war Ellen bei dem gleichen Versuch hineingepurzelt.

„Pst!" zischte Rufus. „Hannah verwandelt Menschen in Frösche, wenn sie *guter* Laune ist. Wenn sie aber *schlecht* gelaunt ist, verhext sie sie in Kopfläuse!"

Ellen schauderte. „Wir werden besonders leise sein“, flüsterte sie.

Sie kletterten in den Kamin und ließen sich in das Hexenzimmer hinuntergleiten. Rufus kam sanft auf dem Boden auf, aber Ellen landete mit einem dumpfen Aufprall und handelte sich deshalb einen vorwurfsvollen Blick von Rufus ein. Sie rappelte sich wieder hoch und sah sich in dem Raum um. Er war aufgeräumt und blitzte nur so vor Sauberkeit. Nichts erinnerte mehr an die nächtliche Unordnung, mit Ausnahme einiger dunkler Flecken an den Wänden, die die Zaubersprüche hinterlassen hatten. In dem Kessel über dem Feuer brodelte es anheimelnd. Ellen beschloß, nicht zu fragen, was da kochte, denn womöglich war es schon wieder diese schreckliche Hafergrütze. Sie war zwar hungrig, zog es aber vor, zu Hause zu essen.

Der Tisch, der nun wieder auf den Beinen stand, war für das Frühstück gedeckt. Die Hexe aber schlief noch fest in ihrem Bett, das in einer Ecke stand. Sie schnarchte leise, und auf ihrer Brust hockten zwei Mäuse, die sich ein Stück Brotrinde teilten und bei jedem Atemzug der Hexe wie auf einem Schiff bei hohem Wellengang hin und her schwankten.

„Pst!“ machte Rufus zu den Mäusen, die sogleich zu knabbern aufhörten und zu ihm hochschauten.

Das Zauberbuch lag auf dem Tisch.

„Ich bin hundemüde, Ellen“, sagte Rufus und gähn-

te herzhaft. „Hat das nicht noch ein wenig Zeit?"

„Nein, ich muß jetzt nach Hause", sagte Ellen entschieden. „Was denkst du, was meine Mutter sagt!"

„Und erst meine", stöhnte Rufus und gähnte wieder. Es hörte sich an wie die Bremsen eines Fernlastzugs.

Die Hexe rührte sich plötzlich. Rufus und Ellen sahen sich an.

„Ich bin ja so müde!" flüsterte Rufus wieder. „Es ist schließlich mitten am Tag..."

„Ich weiß. Aber wir brauchen nur noch die Zauberformel...", flüsterte Ellen zurück.

Und ehe sie den Satz zu Ende sprechen konnte, lag

Rufus bereits auf dem Boden um ein Tischbein gerollt und schlief wie ein Murmeltier.

„Wach auf, wach auf!“ rief Ellen und rüttelte ihn.

Aber wenn Rufus schlief, dann schlief er. Mit einem friedlichen Ausdruck auf dem Gesicht schnarchte er vor sich hin, das Tischbein umklammernd.

Die Kauzige Hannah drehte sich in ihrem Bett um, und die Mäuse mußten sich einen anderen Platz suchen, wo sie ihre Mahlzeit verzehren konnten.

Ich habe es von Anfang an gewußt, daß ich mich nicht auf ihn verlassen kann, dachte Ellen kopfschüttelnd. Sie seufzte tief und überlegte, was sie als nächstes tun sollte. Sie entschied sich, nach Hause zu gehen. Rufus konnte ihr gestohlen bleiben. Ihr Zimmer lag genau hinter der Wand, an der Rufus' Bett stand. Es mußte also möglich sein, auch ohne Zauberspruch dorthin zu gelangen. Sie würde einfach wieder auf das Dach steigen und sich, wie sie es aus Detektivgeschichten kannte, an der Dachrinne hinuntergleiten lassen. Das Dumme daran war nur, daß sie sich dabei das Genick brechen konnte. Aber wenn sie hierblieb, bis die Hexe erwachte, würde sie vielleicht in eine Kopflaus verwandelt werden.

Ellen sah sich noch ein letztes Mal um, ehe sie sich auf den Weg machte.

Auf dem Dach

Ellens Kleider waren noch immer etwas feucht. Deshalb borgte sie sich kurzerhand den schwarzen Umhang, der an der Innenseite der Schranktür hing, aus. Sie warf ihn sich über die Schultern und band ihn am Hals zusammen. Jetzt würde sie wenigstens nicht mehr frieren.

Da sie im Schornsteinklettern schon etwas geübt war, entschied sie sich für den Weg durch den Kamin. Sie entdeckte Steigeisen an den Wänden, und da sie mit Leichtigkeit auf Bäume kletterte, wagte sie den Aufstieg.

Doch Ellen hatte das Gefühl, eher in einem Lift hochzufahren, als den Kaminschacht hochzuklettern. Das mußte mit dem Umhang der Hexe zu tun haben, dachte sie sich.

Es dauerte nicht lange, und Ellen steckte den Kopf aus dem Schornstein.

Schwarze Wolken ballten sich am Himmel, und auf dem Dach war es mehr als ungemütlich. Unzählige Dächer reihten sich aneinander, und ihre Farben verschmolzen miteinander. Die Vögel saßen aufgeplustert auf den Fernsehantennen. Die Schornsteine standen in Reih und Glied.

Ellen tastete sich vorsichtig zum nächsten Kamin vor. Auf dem Dach eines Warenhauses flickte ein Handwerker ein Loch. Sie winkte und rief ihm etwas zu, aber er nahm sie nicht wahr. Dann setzte sie sich rittlings auf den Dachgiebel, um besser hinuntersehen zu können. Ellen dachte, daß es die Leute sicher komisch fänden, wenn sie sie hier oben wie eine Taube hocken sähen – doch niemand schien sie zu bemerken.

Sie hielt Ausschau nach einer langen, stabilen Dachrinne, an der sie hinunterklettern konnte. Schließlich entdeckte sie eine, aber die war ziemlich wacklig. Die Häuser waren alle drei Stockwerke hoch, und Ellen war sich darüber im klaren, daß sie eine stabile Dachrinne finden mußte, wenn sie sich nicht das Genick brechen wollte. Allmählich gelangte sie zu der Einsicht, daß es vielleicht besser war, in eine Kopflaus verwandelt zu werden.

Schließlich entschied sie sich, Hilfe zu suchen. Sie stieg über die Dächer wie über hohe Sanddünen. Doch dachauf, dachab zu gehen war viel beschwerlicher als über weichen Dünensand. Ellen hatte das Gefühl, wie im Traum zu gehen, wo man sich noch so anstrengen kann und trotzdem nicht vorwärtskommt. Sie lief hinauf und hinunter, bis sie nicht mehr wußte, was sie eigentlich suchte und wo sie sich befand. Sie fror und fühlte sich verlassen. Dann begann es auch noch zu regnen. Es kam ihr so vor, als flöge ein riesiger, schwarzer Vogel über sie hinweg. Ihre Füße schmerzten, und der Regen rieselte auf sie herab. Sie erreichte die Dachkante, von wo aus sie auf die Straße hinunterblicken konnte, kauerte sich nieder, schlang den Umhang enger um sich und wußte nicht, was sie tun sollte.

Plötzlich erblickte sie unter den Menschen auf der Straße ein bekanntes Gesicht. Es war Richard! Er hatte den Geigenkasten unter den Arm geklemmt und war auf dem Weg zur Musikprüfung.

„Hilfe! Hilfe!" schrie Ellen, so laut sie konnte. „Ich bin es, Ellen! Ich bin hier oben auf dem Dach und kann nicht runter!"

Aber Richard schaute nicht zu ihr hoch. Niemand auf der Straße hob den Kopf. Dann bog Richard um eine Ecke und war verschwunden. Ellen liefen vor Enttäuschung die Tränen über die Wangen. „Geh nicht fort, Richard“, murmelte sie traurig vor sich hin, auch wenn er sie nicht hören konnte. „Hilfe!“ rief sie wieder. „Kann mir denn niemand da unten helfen? Ich möchte nach Hause.“

Noch immer schaute keiner zu ihr hoch. Ellen wurde wütend. Sie konnte die Leute auf der Straße doch auch hören, warum hörten sie sie nicht? Außerdem war sie hungrig, und da sie nicht weiterwußte, setzte sie sich nieder und begann bitterlich zu weinen.

„Kopf hoch, Kleine!“ hörte sie plötzlich eine tiefe Stimme neben sich. „So schlimm kann es doch gar nicht sein.“

Ellen blickte um sich und sah zwei riesige, genagelte Bergschuhe neben sich, die wie an zwei unsichtbaren Seilen zu ihr heruntergelassen wurden, bis sie auf dem Dach aufprallten und sich nicht mehr rührten.

„Doch, es ist sehr schlimm“, sagte Ellen. „Ich bin so schrecklich hungrig.“

„Weinst du immer, wenn du hungrig bist?“ fragte die Stimme.

„Nein“, erwiderte Ellen. „Aber ich friere, und meine Kleider sind naß. Und außerdem will ich nach Hause!“ Sie sah neugierig um sich und fragte: „Wer bist du eigentlich? Und wo bist du? Ich kann dich nicht sehen."

„Du bist aber eine ulkige, kleine Hexe", sagte die Stimme. „Normalerweise sind doch Geister tagsüber nicht unterwegs!"

„Ach, du bist ein Geist!" rief Ellen.

„Ja, und ich stehe vor dir. Ich habe meine Bergschuhe an", sagte der Geist.

„Ein Geist mit Bergschuhen?" rief Ellen verwundert und mußte grinsen. Das war doch zu komisch.

„Ich bin nicht gekommen, damit du mich auslachst", sagte der Geist beleidigt. „Am Tag sieht man mich nicht, aber nachts leuchte ich von weitem."

„Oh, ich habe dich nicht ausgelacht", sagte Ellen rasch. „Wirklich nicht. Ich freue mich, daß du da bist! Übrigens, ich heiße Ellen und bin aus der wirklichen Welt."

„Und ich bin Super-Silberschein", stellte sich der Geist vor. „Aber meine Freunde nennen mich alle Superhell."

Ellen fühlte etwas Kaltes in ihrer Hand. Sie nahm an, daß es Superhells Händedruck war.

„Aus der wirklichen Welt, sagst du?" fuhr Superhell fort. „Du solltest nicht allein hier oben bleiben, Kleine. Das ist zu gefährlich."

„Ich kann nichts dafür", entgegnete Ellen. „Ich bin durch einen Zauberspruch hierhergekommen und sitze nun fest."

Da zog wieder ein dunkler Schatten über sie hinweg.

„Was war denn das?" erkundigte sich Ellen.

„Das war eins von den Gruselgespenstern", erklärte ihr der Geist.

„Sie holen sich die Kinder von den Dächern wie die Adler die Hasen von den Feldern. Die Leute aus der wirklichen Welt sind hier oben nicht sicher vor ihnen."

„Ich habe gehofft, du könntest mir helfen, wieder nach Hause zu kommen", sagte Ellen.

„Zurück in die wirkliche Welt?" sagte Superhell und seufzte. „Ich weiß nicht, ob das geht. Es gibt nicht viele Zaubermöglichkeiten am Tag."

Ellen spürte, wie es um sie herum kälter wurde, denn Superhell rückte näher an sie heran. Sie wagte aber nicht, zurückzuweichen, aus Angst, ihn zu verletzen. Er war schließlich das freundlichste Wesen, das ihr seit Beginn dieses Abenteuers begegnet war. Sie wollte auch nicht, daß er sie hier allein ließ. Seine Bergschuhe standen nun ganz dicht neben ihren Turnschuhen, und sie vermutete, daß Superhell neben ihr hockte. Es war genauso, als wenn sie sich mit jemand am Telefon unterhielt.

Superhell sagte, daß er zur Geisternacht gekommen sei, und da er bei niemandem zu Hause unterkommen konnte, geistere er hier auf dem Dach herum. Aber für ein Kind wie sie schicke sich das nicht, fügte er in einem Ton hinzu, der Ellen stark an ihren Klassenlehrer erinnerte.

Superhell befürchtete, das Gruselgespenst könnte sie gesehen haben, und deshalb schlug er vor, an einem sichereren Ort auf den Einbruch der Dunkelheit zu warten. Bis dahin würde ihnen auch ein Weg einfallen, wie Ellen wieder nach Hause kommen könnte.

Die genagelten Bergschuhe erhoben sich und schwebten zum Dachgiebel hinauf.

Ellen kletterte auf allen vieren nach oben. Sie gingen auf eine kleine Gruppe von Schornsteinen zu, die im Dreieck beieinanderstanden. Superhell nahm

Ellen den Umhang ab und breitete ihn wie ein Dach über die Schornsteine.

„Die Gruselgespenster kommen auch zum Geisterfest“, sagte Superhell, nachdem sie in dem Zelt Unterschlupf gefunden hatten. „Normalerweise halten sie sich weit entfernt von hier, in dem Land der Alpträume, auf.“

„Ah, ich verstehe“, sagte Ellen und erinnerte sich, wie die Kobolde nur bei der bloßen Erwähnung ihres Namens erschauderten.

„Das Ganze hat damit begonnen, daß ich das Medaillon der Mittleren Magie des Hexenmeisters Wuzo in meinem Zimmer fand und es ihm für die Geisternacht zurückbringen wollte“, erzählte Ellen. „Als Belohnung habe ich dann vielleicht einen Wunsch frei.“

Superhell pfiff leise durch die Zähne. „Leute aus der wirklichen Welt dürfen aber nicht zur Geisternacht kommen“, murmelte er.

„Aber ich muß einen Wunsch frei haben“, sagte Ellen. „Ansonsten zieht mein Bruder von zu Hause fort.“

„Das ist aber bedauerlich“, meinte Superhell. „Sehr bedauerlich.“

„Wenn ich erst wieder zu Hause bin und das Medaillon holen kann und mein Wunsch in Erfüllung geht, dann ist alles wieder in Ordnung“, sagte Ellen.

Da knurrte ihr Magen, und Superhell sagte: „Wenn

du nicht bald was zu essen bekommst, wirst du zu schwach sein, um auf das Geisterfest zu gehen."

Ellen nickte, denn sie fühlte, daß sie schon jetzt etwas schwach auf den Beinen war.

„Ich hole dir etwas zu essen", schlug Superhell vor.

„Aber keinen Haferbrei?" fragte Ellen.

„Nein, keinen Haferbrei", sagte Superhell. „Ich gehe in die wirkliche Welt und halte Ausschau nach einer Speisekammer. Nach einer randvollen Speisekammer! Es gibt keine Speisekammer in der wirklichen Welt, in die ich nicht eindringen könnte, besonders wenn ich vorher meine Bergschuhe ausziehe."

Ellens Augen strahlten wieder. „Au, fein!" freute sie sich.

Gleich darauf wich die Kälte neben ihr, und Ellen blieb allein in dem Unterschlupf zurück.

Sie wußte nicht, wie lange sie auf Superhells Rückkehr gewartet hatte, aber auf einmal flogen ihr eine Schachtel Käse und Kartoffelchips, gefolgt von Schokoladenplätzchen und einer Dose Cola mit Strohhalm entgegen. Superhell war wirklich das netteste Gespenst, das ihr bisher untergekommen war!

Als sie endlich satt war, konnte ihr auch das trübe Wetter nichts mehr anhaben. Jetzt war ihr wohlig warm, und auch ihre Kleider waren wieder trocken. Sie plauderte mit Superhell, und sie erzählten sich eine Gespenstergeschichte nach der anderen, bis sie beide am späten Nachmittag einnickten.

Das Medaillon

Als Ellen erwachte, hing der schwarze Umhang nicht mehr über den Schornsteinen, und sie blickte in den klaren Nachthimmel, in dem die Sterne funkelten wie der Silberflitter auf dem Teppich nach Tobys Geburtstagsfest.

Plötzlich vernahm Ellen ein Stimmchen wie das auf einer Schallplatte, die sich zu schnell dreht.

„Die Kobolde munkeln:
‚Wenn die Sterne funkeln
und ein Kind ist nachts allein,
wird es am Morgen traurig sein.'"

„Sei still, Bobkobold", sagte eine andere Stimme, die klang wie die Stimme auf einer Schallplatte, die sich zu langsam dreht.

Die beiden Stimmen gehörten Bobkobold und Superhell. Sie standen vor Ellen und warteten darauf, daß sie endlich aufwachte.

„Ist sie schon wach, damit sie mein Medaillon holen kann?" fragte Rufus und ging auf den Geist und den Kobold zu, der um einen Schornstein tanzte.

Ellen lächelte Rufus an und stand auf. Sie streckte sich und blickte erstaunt um sich. Auf den Dächern

6 9900-8

wimmelte es nur so von Kobolden, Geistern und Hexen. Und im hellen Schein des Mondes konnte sie erkennen, daß sie sich für das Fest zurechtmachten.

„Sie wollen alle schön aussehen", erklärte ihr Superhell, der sich jetzt leuchtend hell vom schwarzen Nachthimmel abhob. Ellen mußte ihm recht geben, er leuchtete wirklich ganz besonders, wenn es dunkel war.

„Du mußt jetzt das Medaillon holen", sagte Rufus und ergriff Ellens Arm.

Bobkobold tanzte um Ellens Beine herum und sang:

„Alle Hexen, groß und klein,
wollen beim Geisterfeste sein.
Ob es stürmt oder schneit,
für ein Medaillon
ist kein Weg zu weit."

„Ich habe mir einen schönen Spruch für den Zauberspruch-Wettbewerb ausgedacht", sagte Rufus aufgeregt. „Geh endlich und hole das Medaillon, Ellen!"

Ellen wußte nicht, wie sie nach Hause gelangen sollte, und sah Superhell ratlos an.

„Bist du nun soweit, daß du gehen kannst?" fragte dieser sie und schwirrte um sie herum.

Ellen warf Rufus einen fragenden Blick zu, der sich vorsichtig umsah, um sicherzugehen, daß seine Mutter ihn jetzt nicht holen kam. Doch sein Gesicht strahlte vor Freude. Endlich war der heißersehnte Augenblick gekommen, wo er das Medaillon gewinnen konnte, das ihm ganz allein gehören würde!

Ellen versuchte zu vergessen, was er ihr alles angetan hatte und daß sie seinetwegen hier oben auf dem Dach festsaß. Noch wenige Stunden zuvor hätte sie das Medaillon am liebsten in den Teich auf der Heide geworfen. Jetzt aber, wo die Geisternacht anbrach und alle sich darauf freuten, wollte auch sie mit den anderen feiern – und vor allem einen Wunsch frei haben!

„Ja, ich bin soweit", antwortete sie.

„Wer sagt den Zauberspruch?" fragte Bobkobold.

„Ich", sagte Rufus und fuchtelte wild mit den Armen in der Luft herum.

„Langsam, langsam", bremste ihn Superhell. „Wir müssen Ellen in die wirkliche Welt zaubern und dann wieder auf das Dach zurückholen. Der Spruch muß sitzen; wir dürfen Ellen auf keinen Fall verlieren und das Medaillon auch nicht."

Alle stimmten Superhell zu, und Ellen nickte heftig mit dem Kopf.

Nach einer langen, lebhaften Beratung einigten sie sich, daß alle ihre Zauberkraft auf den Spruch konzentrieren sollten, um ihm besondere Kraft zu verleihen. Ellen würde in ihr Zimmer gelangen und das Medaillon holen.

Bobkobold würde als erstes den Zauberspruch

aufsagen, Rufus dann das Zauberpulver durch die Finger gleiten lassen, und Superhell würde Ellen begleiten. Ellen brauchte nur zu sagen: „Der Zauberspruch beginnt." Auf diese Weise könnte nichts schiefgehen.

Dann steckten alle noch einmal die Köpfe zusammen, um den Zauberspruch zu finden, der für diesen Fall der beste war. Schließlich einigten sie sich auf diesen:

„Kehr sicher zurück
wie das Schiff in den Hafen,
wenn alle noch schlafen.
Und bring das Medaillon mit dir,
denn wir brauchen euch beide hier."

Rufus hatte von seinem letzten Zauberspruch noch etwas Pulver in der Hosentasche und stand nun mit feierlicher Miene da, um es zu verstreuen. Bobkobold rief ein paar Kobolde herbei, damit sie mit ihm singend den Zauberspruch vortrugen. Er meinte, das würde sich besser anhören. Superhell schwirrte unruhig herum und erteilte Ratschläge.

Ellen war froh, daß er da war. Sie stellte sich ganz oben auf das Dach, schloß die Augen und biß die Zähne zusammen.

Die Kobolde sangen fünfmal hintereinander den Zauberspruch. Rufus verstreute mit ausholender Geste das Zauberpulver, und Superhell sagte: „Fort mit

dir, Kleine! Und komm bald zurück."

Dann war es Ellen, als fiele sie in einen finsteren Schlund, durch den sie in die wirkliche Welt gelangte. Sie fragte sich, ob man ihr zu Hause all das, was sie erlebt hatte, glauben würde oder ob sie ihr sagen würden, sie habe alles nur geträumt. Sie fragte sich, ob... Sie fragte sich...

Unzählige Gedanken schwirrten ihr durch den Kopf, und als sie die Augen wieder öffnete, war sie zu Hause. Zu ihrem Erstaunen stand sie in der Speisekammer. Die werden wohl nie einen Zauberspruch auf Anhieb hinkriegen! dachte sie und betrat den finsteren Flur. Auf den Zehenspitzen stieg sie die Treppe hoch, denn alle schienen bereits zu schlafen. Sie blieb vor Richards Tür stehen und hörte, wie er in einem Buch blätterte. Er war also noch wach.

Sie hatte Richard bereits verziehen, daß er nicht zu ihr hochgeblickt hatte, als sie ihm von dem Dach aus zugerufen hatte, und stürzte in sein Zimmer. „Richard, Richard! Du mußt mit mir kommen!" flüsterte sie.

„Na, endlich bist du aufgewacht", sagte Richard.

„Auf dem Dach wartet ein unglaubliches Abenteuer auf mich", fuhr Ellen fort. „Hexen, Kobolde und Gespenster werden kommen. Es ist eine Art Sportfest am Himmel, eine Nacht der Geister!"

„Mit dir aufs Dach steigen? Mach dich nicht lächerlich, Ellen. Es ist mitten in der Nacht", meinte Richard.

„Ich weiß, aber du mußt trotzdem mit mir kommen! Sie erfüllen mir auch einen Wunsch. Und ich werde mir wünschen, daß du bei uns bleibst und nicht zu Großmutter ziehst."

„Rede keinen Unsinn, El", sagte Richard gereizt. „Du weißt, daß ich weg will."

„Wenn ich mir aber wünsche, daß du bleibst", sagte Ellen wütend, „dann wird etwas schiefgehen, und du wirst nicht fortziehen."

„Wehe, wenn du das machst", sagte Richard und tat, als wollte er mit einem Buch nach ihr werfen.

„Wenn du jetzt mitkommst, dann darfst du dir an meiner Stelle etwas wünschen", versuchte Ellen ihn zu locken.

Doch Richard wandte ihr mit einem Seufzer den Rücken zu und zog sich die Bettdecke über die Ohren. „Laß mich in Ruhe, ich bin müde", brummte er. „Bei dir tickt es ja nicht richtig. Geh endlich schlafen!"

„Ich steige wieder aufs Dach", flüsterte Ellen. „Ganz allein. Und ich werde mir wünschen, daß du die Prüfung nicht bestehst." Sie stürzte zur Tür hinaus und stapfte wütend in ihr Zimmer. Der schwarze Kater lag noch immer zusammengerollt auf dem ungemachten Bett und blinzelte sie an, als sie das Licht anknipste.

„Ich muß dich jetzt mitnehmen, hörst du?" sagte sie leise zu ihm. Der Kater schnurrte, aber Ellen hatte keine Zeit, ihn zu streicheln.

Die goldene Schatulle lag noch immer unter der Daunendecke. Ellen warf einen raschen Blick hinein, um sich zu vergewissern, daß das Medaillon noch darin lag. Es glitzerte wie Sonnenlicht auf dem Wasser. Es war wirklich wunderschön.

Ellen wußte, daß sie keine Zeit verlieren durfte, wenn sie nicht zu spät zu dem Fest kommen wollte. Sie packte den Kater unter einen Arm, und unter den anderen klemmte sie sich die Schatulle. Dann sagte sie: „Der Zauberspruch beginnt."

Gerade als dieses eigenartige Schwindelgefühl sie überkam, das der Zauberspruch bei ihr auslöste, hörte sie, wie jemand die Türklinke herunterdrückte. Sie dachte, es wäre Richard, der es sich doch anders überlegt hatte. Aber nicht er, sondern Toby steckte den Kopf zur Tür herein.

„O nein! Das darf nicht wahr sein!“ stöhnte Ellen. „Toby, du gehst sofort wieder ins Bett! Ich kann dich jetzt wirklich nicht gebrauchen“, erklärte sie ihm, als sie merkte, daß die Wirkung des Zauberspruches immer stärker wurde. Sie schüttelte sich, als wenn sie eine bittere Medizin geschluckt hätte.

Aber Toby, der gähnend im Schlafanzug vor ihr stand, ließ sich nicht abwimmeln. Ellen blieb nichts anderes übrig, als die Katze loszulassen und dafür Toby an der Hand zu nehmen. Sie wollte ihn in sein Zimmer bringen und hoffte sehnlichst, der Zauberspruch würde so lange wirken, bis sie wieder zurück war. Aber es kam ganz anders...

Der Zauber war bereits voll im Gange, und das Zimmer begann sich zu drehen und schien sich aufzulösen. Das Rauschen und Zischen wurde zusehends lauter. Es wurde finster um sie herum, und als es wieder hell war, vernahm sie lautes Stimmengewirr und fröhliches Gelächter.

Sie war wieder auf dem Dach. In einer Hand hielt sie die Schatulle, in der anderen aber nicht den schwarzen Kater, sondern Tobys Hand.

Ellen legte schützend die Arme um Toby, der sich mit großen Augen umsah. „Oh, Toby, das tut mir aber leid. Das wollte ich wirklich nicht", sagte sie.

Die Geisternacht

„Eine glückliche Zauberhand", sang eine freundliche Stimme.

„Ellen blickte hoch und sah Bobkobold auf sich zuhüpfen.

„Wer ist der blonde Kobold?" wollte er wissen.

„Das ist kein Kobold, das ist mein kleiner Bruder", sagte Ellen ungehalten.

„Er sieht aber aus wie ein Kobold", meinte Bobkobold und rief ein paar Kobolde herbei, um sich Klarheit zu verschaffen.

„Töpfeschleudern, Töpfeschleudern! Macht euch fertig fürs Töpfeschleudern", riefen die Kobolde. Ellen konnte gar nicht so schnell schauen, wie die Kobolde Toby entführten, um ihm zu zeigen, wie man auf Dächern hüpfte und mit Gegenständen um sich warf. Töpfe, Pfannen, Apfelgehäuse und Kuchenreste flogen nur so durch die Luft, und die Kobolde sangen dazu:

„Eins, zwei, drei
wirf ein rohes Ei,
eine Gurke, eine Pfanne,
einen Apfel, eine Kanne!
Rolle, hüpfe, springe
und dazu laut singe!"

Toby, der schon recht gut im Werfen war, machte eifrig mit.

„Hurra!" riefen die Kobolde.

„Hurra!" rief Toby und rutschte auf dem Hosenboden das Dach hinunter. Die Kobolde hüpften um ihn herum und paßten auf, daß er nicht vom Dach fiel. Dann flog er in die Luft. Er quietschte nur so vor Vergnügen, und Ellen freute sich mit ihm. Sie beschloß, ihn eine Weile allein zu lassen, um nach Rufus Ausschau zu halten.

Jetzt wimmelte es nur so von Hexen, die, auf ihre Besen gestützt, miteinander schwatzten, von Hexenmeistern, die sich gegenseitig kleine Zaubertricks verrieten, von Geistern und Ungeheuern, von Feen und Fabeltieren, kurz von all den Wesen, die Ellen aus ihren Träumen kannte.

„Wo bist du, Rufus?" rief Ellen und hoffte, er würde sie hören.

„Er kommt nicht“, sagte eine tiefe Stimme hinter ihr. Sie drehte sich um, und zu ihrer Freude erblickte sie Superhells leuchtende Gestalt.

„Kommt Rufus wirklich nicht?“ fragte Ellen. „Aber er muß kommen. Er will doch das Medaillon gewinnen.“

„Er hat das Medaillon seines Onkels verloren und kann es ihm nicht zurückgeben“, erklärte ihr Superhell. „Die Kauzige Hannah läßt ihn als Strafe dafür nicht auf das Geisterfest gehen.“

„Aber ich habe das Medaillon bei mir!“ sagte Ellen. „Wir könnten es gemeinsam seinem Onkel bringen. Ich habe dann einen Wunsch frei.“

„Dann müssen wir jetzt Rufus holen“, meinte Superhell.

„Die Wettbewerbe fangen gleich an.“

Trotz des Ärgers, den Ellen mit Rufus gehabt hatte, plagte sie das Gewissen, daß sie ihm das Medaillon nicht eher zurückgegeben hatte. Deshalb wollte sie ihm jetzt schnellstens helfen.

In diesem Augenblick zwängte sich die Kauzige Hannah durch eine Schar schwatzender Hexen und kam kreischend auf Ellen zu: „Da ist ja das Mädchen aus der wirklichen Welt, das meinen Umhang gestohlen, meine Wohnung verwüstet und meinen Besen zerbrochen hat! Und außerdem hat sie meinen Sohn Rufus entführt!“

„He, das stimmt nicht!“ entrüstete Ellen sich. „Ich habe mir den Umhang nur geliehen.“

Doch jetzt wußte jeder, der in Hörweite stand, daß sie aus der wirklichen Welt war, und eine Welle der Entrüstung erfaßte die Menge. Menschen auf dem Geisterfest – das war noch nie dagewesen! Wie sollte das gutgehen, wenn die Gespenster auftauchten? Wenn Ellen nicht vorsichtig war, würden sie sie sicher entführen.

Die Kauzige Hannah konnte Ellen zwar nicht ausstehen, aber dieser Gedanke bereitete ihr dennoch Kopfzerbrechen.

Doch Ellen blieb unbekümmert. „Sehen Sie mal, was ich hier habe“, sagte sie und hielt der Kauzigen Hannah die goldene Schatulle unter die Nase. „Ich habe sie in der wirklichen Welt gefunden. Es ist Onkel Wuzos Medaillon. Darf Rufus jetzt mit auf das Fest kommen?“

Die Hexe schnaubte wütend, riß die Schatulle an sich und untersuchte das Medaillon. Als sie festgestellt hatte, daß es sich um das vermißte Medaillon handelte, legte sie es in die Schatulle zurück und klappte den Deckel zu.

„Jetzt darf Rufus doch auf das Fest kommen und an dem Zauberformel-Wettbewerb teilnehmen?“ fragte Ellen hoffnungsvoll und versuchte Hannahs giftigem Blick standzuhalten.

Die Kauzige Hannah zögerte einen Augenblick, ehe sie sagte: „Nun gut, hol ihn schnell – und vergiß nicht, ihm zu sagen, daß er frische Socken anziehen soll.“

Ellen und Superhell bahnten sich einen Weg durch die Menge. Sie hatten keine Zeit zu verlieren.

Da ertönte eine Stimme aus einem knisternden Lautsprecher: „Alle Teilnehmer des Junioren-Zauberspruch-Wettbewerbs werden gebeten, sich am Zauberformel-Stand einzufinden.“

„Das ist der Wettbewerb der Hexenkinder“, sagte Superhell zu Ellen. „Es geht gleich los! Wir müssen Rufus schnellstens holen, damit er noch daran teilnehmen kann.“

Ellen und Superhell zwängten sich durch die Menge und sagten in einem fort: „Entschuldigung“ und „Verzeihung“, denn sie traten fortwährend jemandem auf die Zehen. Superhell noch mehr als Ellen, denn er hatte seine großen Bergschuhe an. Er beschloß schließlich, sie auszuziehen, und hängte sie für die Dauer des Festes an eine Fernsehantenne. Sicherlich hatte irgendwer dadurch einen gestörten Bildempfang!

Endlich waren sie bei Rufus' Kamin angelangt. Ellen sprang in den Kaminschacht und ließ sich in die Tiefe gleiten. Superhell folgte ihr wie Wasser, das aus einem Krug gegossen wird. Er bildete eine leuchtende Pfütze auf dem Boden, wurde aber sogleich wieder ein großer heller Lichtschein.

Rufus hatte sich ins Bett gelegt, wo er vor sich hin schmollte. Als er Ellens dumpfen Aufprall hörte, vergrub er das Gesicht in seinem Kopfkissen.

„Ich habe es! Ich habe das Medaillon!“ rief Ellen, sprang auf die Beine und stürzte auf Rufus' Bett zu.

„Du kommst viel zu spät“, brummte Rufus.

„Nein, das stimmt nicht“, widersprach Ellen ihm. „Wenn wir deinen Onkel finden und ihm das Medaillon zurückgeben, hast du gerade noch Zeit, bei dem Wettbewerb mitzumachen. Deine Mutter hat nichts dagegen. Komm, beeil dich!“

Rufus machte immer noch ein Gesicht wie sieben Tage Regenwetter.

„Hier hast du das Medaillon“, sagte Ellen und hob den Deckel der Schatulle hoch.

Rufus' Gesicht erhellte sich schlagartig, und er sprang mit einem Freudenschrei aus dem Bett. „Ich weiß, wo mein Onkel ist“, rief er.

Superhell eilte hin und her, um Rufus beim Anziehen behilflich zu sein. Es ging noch viel hektischer zu, als wenn er sich abends für den Zauberunterricht fertigmachte. Ellen erinnerte ihn daran, frische Socken anzuziehen, und er entschied sich für ein wunderschönes schwarz-gold gestreiftes Paar. Dann ging er noch zur Zaubertruhe seiner Mutter und holte ein Gefäß hervor, das mit einem silberfarbenen Pulver gefüllt war. Es funkelte so stark, als wäre es reinster Sternennebel. Rufus nahm eine Handvoll davon und stopfte es in seine Hosentasche. „Ich kann keine Zaubersprüche aufsagen ohne Zauberpulver", meinte er mit breitem Grinsen. In dem Moment, als er das Gefäß wieder verschließen wollte, hatte er einen Einfall. Er nahm noch eine kleine Handvoll Pulver heraus und drückte es Ellen in die Hand.

„Wozu?" wollte Ellen wissen.

„Für den Fall der Fälle", meinte Rufus und zwinkerte ihr zu.

„Danke", sagte Ellen aufgeregt und verstaute das Zauberpulver in ihrer hinteren Jeanstasche.

„Beeilt euch!" drängte Superhell. „Es ist höchste Zeit!"

Sie kehrten im Laufschritt auf das Dach zurück.

Immer mehr Gäste stiegen aus den Schornsteinen auf die Dächer, die bald genauso dicht bevölkert waren wie eine Strandpromenade an einem sonnigen Feiertag. Viele der Geister schwebten bereits am Himmel herum, auf dem es recht lebhaft zuging.

Hexen, Kobolde, Geister und Feen tummelten sich in der Luft und schwirrten von Haus zu Haus. Und über ihnen hing golden der Mond. Kleine Wolkenfetzen umrahmten ihn wie ein weißer Bart das Gesicht eines alten Mannes.

„Ich weiß, wo wir den alten Hexenmeister finden", sagte Rufus, der Ellen mit sich durch die Menge zog.

Superhell folgte ihnen, und sein Gang war geradezu anmutig ohne die schweren Bergschuhe. Als sie so dachauf, dachab gingen, schwirrten ein paar Kobolde mit Toby um sie herum.

„Wir gehen zu den Hexenmeistern und wollen Onkel Wuzo sehen", sangen die Kobolde. Und Ellen war es, als hätte sie diese Stimmen schon irgendwo gehört.

Die schnatternde und singende Schar, die über Terrassen und Garagendächer trippelte, erreichte schließlich eine Reihe von Dächern, die alle mit einer schmalen Plattform versehen waren, ähnlich den Bänken eines Fußballstadions. Sie waren von flackerndem Neonlicht erleuchtet, und darauf saßen dicht gedrängt die Zaubermeister.

„Dort drüben ist Onkel Wuzo", rief Rufus und deutete auf einen sehr stattlichen Zaubermeister in der ersten Reihe. Niemand hatte so viele Monde und Sterne auf seinem Hut wie er.

Als der Onkel Rufus, Ellen und Superhell erblickte, die ihm unter lauten Zurufen zuwinkten, erhob er sich und beugte sich über das Geländer, um mit ihnen zu reden. „Willkommen, Rufus!“ sagte er. Dann wanderte sein Blick zu Ellen, die ein wenig erschöpft war, aber trotzdem über das ganze Gesicht strahlte. „Das ist sicher deine Freundin aus der wirklichen Welt“, sagte Onkel Wuzo. „Sie ist ganz schön mutig. Mitten in der Nacht auf die Dächer zu steigen – und das in der Geisternacht – ist keine Kleinigkeit! Hast du das Medaillon mitgebracht, Rufus?“

„Ja“, sagte Rufus. „Ellen hat es. Sie möchte dafür einen Wunsch frei haben.“

„In Ordnung, mein Kind“, sagte der Hexenmeister. „Deine Tapferkeit soll belohnt werden. Man trifft nicht oft ein so mutiges und ehrliches Kind.“ Er lächelte sie gönnerhaft an, und die Hexenmeister neben ihm begannen laut in die Hände zu klatschen, wie bei einer Zirkusvorstellung.

Ellen war es gar nicht bewußt, wie mutig sie gewesen war, und deshalb machten sie die Lobesworte des Zaubermeisters, die ihrer Meinung nach übertrieben waren, ganz verlegen. Eigentlich war sie nur wegen des Wunsches gekommen, und den wollte sie auch gleich anbringen. Sie öffnete die goldene Schatulle, die sie noch immer in der Hand hielt. Rufus nahm das Medaillon heraus und reichte es seinem Onkel. Gerade als Ellen ihren Wunsch aussprechen wollte, flog ganz dicht ein großer schwarzer Schatten

7 9900-8

über sie hinweg, und alle zogen erschrocken die Köpfe ein.

Die Hexenmeister, die Kobolde, die Geister, Ellen, Rufus und alle anderen schauten zum Himmel hoch und sahen riesige, vogelähnliche Wesen, die sich schwarz von den hellen Wolkenfetzen abhoben. Sie waren so groß wie Sportflugzeuge und hatten kräftige, ausladende Flügel und riesige Greifer mit langen Krallen. Wie hungrige Adler kreisten sie über ihren Köpfen.

Alles hielt den Atem an.

„Es sind Gruselgespenster", rief Rufus. „Sie sind hinter Ellen her."

„Versteckt sie, versteckt sie! Versteckt Ellen vor den Gruselgespenstern!" riefen die Kobolde und trippelten aufgeregt umher. Toby rannte auf Ellen zu und nahm ihre Hand.

„Was für lästige Geschöpfe sie doch sind", sagte Onkel Wuzo angewidert. „Rufus, hänge mir das Medaillon um, damit ich wieder im Besitz meiner vollständigen Zauberkräfte bin und dafür sorgen kann, daß die Kleine unbeschadet in die wirkliche Welt zurückkehrt."

Rufus sprang auf die Bank, und der Hexenmeister nahm den Hut ab, damit ihm sein Neffe die Kette mit dem Medaillon über den Kopf streifen konnte.

Aber da hatte schon wieder ein riesiges Gruselgespenst zum Tiefflug angesetzt. Bevor jemand eine

Warnung aussprechen konnte – selbst Onkel Wuzo, der sonst sehr wachsam war, reagierte zu spät –, hatte es Ellen bereits in seinen Fängen und flog mit ihr davon. Ellen aber hielt noch immer Tobys Hand umklammert, und so wurde auch er von dem Gruselgespenst mit einem schaurigen Freudenschrei entführt.

Alle drei zusammen sahen aus wie ein Drache mit einem langen Schwanz.

„Kinder aus der wirklichen Welt haben in der Geisternacht nichts zu suchen“, heulte das Gruselgespenst.

Alles, was Ellen sehen konnte, wenn sie nach oben blickte, war ein riesiger Fuß mit Krallen, der sie an ihrem Pullover festhielt und sie und Toby zu den Wolken hinauf mitnahm.

Sie stiegen höher und höher, bis die Dächer weit unter ihnen zurücklagen. Die Lichter der Stadt waren nur noch winzige Pünktchen.

„Ich bin nur wegen eines Wunsches gekommen", flüsterte Ellen, und das Gruselgespenst brach in schauriges Gelächter aus.

„Wolltest du nicht das Land der Träume kennenlernen?" rief das Gruselgespenst. „Nun, ich werde dir das der Alpträume zeigen!" Sein Gelächter war so laut wie Donnergrollen mitten in der Nacht.

Toby war sich der Gefahr, in der er sich befand, nicht bewußt, sondern hatte seinen Spaß an dem abenteuerlichen Flug.

Als sie dann durch die Wolken hindurchflogen, merkte Ellen mit Schrecken, daß ihr Tobys Hand entglitt. „O nein, Toby!" rief sie, als der Junge sich von ihr gelöst hatte und durch die Wolken fiel. Gleich darauf war er verschwunden. Diese Geisternacht schien wirklich die schrecklichste Nacht ihres Lebens zu sein.

Im Land der Alpträume

Für Toby war es die aufregendste Nacht seines Lebens. Er summte fröhlich vor sich hin, während er in die Tiefe fiel. Er flog an einem Hubschrauber vorbei, und als er aus den Wolken auftauchte, wurde er mit lautem Jubelgeschrei empfangen. Er begegnete einer Eule, die ihn verwundert ansah, und dann einem Schwarm Nachtfalter. Es gab erstaunlich viel hier oben zu sehen!

Währenddessen trippelten die Kobolde geschäftig hin und her und bereiteten alles für eine sanfte Landung vor.

Als Toby sich den Dächern näherte, hielten vier Kobolde eine Bettdecke an den vier Enden wie ein Sprungtuch für ihn bereit. Er federte mehrere Male auf und ab, bis er schließlich lachend auf der Decke liegenblieb.

Die Kobolde halfen ihm wieder auf die Beine und reichten ihm einen Becher heiße Schokolade. Sie redeten alle gleichzeitig auf ihn ein und erklärten ihm, warum er kein zweites Mal vom Himmel fallen dürfte.

Dann tanzten sie und sangen dabei den folgenden Reim:

„Wenn Kinder vom Himmel gleiten,
muß man schnell eine Decke ausbreiten,
denn sie können nicht landen
und würden böse stranden.“

Das Geisterfest war voll im Gange, und alle hatten ihren Spaß daran. Mit Ausnahme von Rufus, der auf einem Dachgiebel saß, die Knie umklammert hielt und unverwandt zum Himmel starrte. Er hatte mit angesehen, wie Ellen in den Fängen des Gruselgespenstes hinter den Wolken verschwunden war. Und obwohl einige der Anwesenden gerufen hatten: „Leute aus der wirklichen Welt haben hier nichts zu suchen!“ und „Recht geschieht ihr das!“ und ähnliches, war er ziemlich erschüttert über den Verlauf der Dinge. Das Land der Alpträume war ein schrecklicher Ort, ganz besonders in der Geisternacht.

Aber jetzt war es höchste Zeit, daß er zum Zauberspruch-Wettbewerb ging. Endlich konnte er allen beweisen, daß er die besten Zaubersprüche erfand! Er würde das Medaillon gewinnen und in den Bund der Mittleren Magie aufgenommen werden. Auf diesen Augenblick hatte er seit seinem dritten Lebensjahr gewartet, als er an seinem Teddybären den ersten Zauberspruch ausprobiert hatte.

Sein Name war bereits zweimal über den Lautsprecher aufgerufen worden, und die Stimme hatte schon etwas ärgerlich geklungen.

„Der nächste Teilnehmer ist Rufus, der Sohn der Kauzigen Kaminhexe Hannah", verkündete unter lautem Knistern die Stimme. „Rufus, bitte komm an den Stand und trag deinen Zauberspruch vor. Dies ist der letzte Aufruf!"

Rufus schaute zuerst zu seiner Mutter, die auf dem angrenzenden Dach drohend den Besen schwang und ihm zurief, er solle sofort zu dem Stand gehen, ansonsten würde sie ihn in einen Frosch verwandeln. Dann blickte er zu Onkel Wuzo hinüber, der zum Stand der Hexenmeister gegangen war und sich angeregt mit diesen unterhielt. Die Kobolde waren in ein Spiel mit Toby vertieft, und Superhell flatterte um ihn herum und murmelte: „Deine arme Schwester! Ich habe sie vor den Gruselgespenstern gewarnt."

Rufus war nie ein Held gewesen, aber diese Geisternacht erweckte seinen Mut. Er sprang auf die Beine, wobei sich ein Dachziegel löste und in die Dachrinne fiel. Sein Entschluß stand fest: Er nahm sich einen Besen, der niemandem zu gehören schien, setzte sich darauf und schoß wie eine Rakete in den nächtlichen Himmel. Er wollte in das Land der Alpträume, ohne zu wissen, was er dort tun sollte. Er wollte einfach an Ellens Seite sein, wenn sie dort festsaß.

Er flog durch die Wolken hindurch wie eine Rakete, die aus dem Wasser schießt. Und dann wölbte sich über ihm der unendliche Sternenhimmel. Rufus

konnte gerade noch erkennen, wie Ellens kleine, zappelnde Gestalt von dem grauenhaften Gruselgespenst in ein dunkles Loch gezerrt wurde. Es war der Tunnel, der ins Land der Alpträume führte. Um ihn herum widerhallte das schaurige und ohrenbetäubende Lachen der Gruselgespenster.

Ellen hatte immer wieder versucht, sich aus den Fängen des Gespenstes zu befreien, aber vergeblich. Seine Krallen umklammerten ihren Pullover nur noch fester.

Verzweifelt wischte sie sich das feuchtkalte, klebrige Ungeziefer aus dem Gesicht und versuchte, die langbeinigen, spinnenartigen Tiere, die sich in ihren

Haaren verfingen, abzuschütteln. Normalerweise ekelte sie sich nicht vor Ungeziefer, ja, sie hatte sogar eine gewisse Vorliebe für Spinnen. Aber dieses Getier hier haftete an ihrem Gesicht und an ihren Wimpern, und sie schlug wild mit den Armen und Beinen um sich, um es von sich fernzuhalten.

Das Gruselgespenst flog unbeirrbar mit ihr weiter. Ellen hörte einen Augenblick lang auf, um sich zu schlagen, und rief ihm zu: „Das ist sicher ein geeigneter Ort für Alpträume!"

„Oh, das ist erst der Anfang", erwiderte das Gespenst. „Das kommt noch viel besser!"

Ellen antwortete nichts darauf und pulte sich einen Weberknecht aus den Haaren.

„Du bist wirklich ein Glückspilz", sagte das Gruselgespenst. „Den meisten Leuten aus der wirklichen Welt ist es nicht gegönnt, unsere Alpträume kennenzulernen."

„Ach ja?" sagte Ellen zerstreut, denn sie schüttelte gerade den Weberknecht von sich, der sogleich weiterflog.

Ich wünschte, ich könnte auch davonfliegen, dachte Ellen. Alpträume sind schon schlimm genug, wenn man schläft, aber in wachem Zustand sind sie noch viel schlimmer, weil man nicht die Möglichkeit hat, sie beim Aufwachen loszuwerden.

Sie wollte um keinen Preis mit dem Gruselgespenst weiterfliegen und hegte die leise Hoffnung, ihm zu entkommen, da sie doch etwas Zauberpulver bei sich hatte, das jetzt in ihrer Jeanstasche zu knistern begann.

Damit es wirkte, mußte sie aber zu dem Pulver einen passenden Zauberspruch finden. Während sie durch den Tunnel flogen, versuchte sie krampfhaft, sich an die Gedichte, die sie in der Schule geschrieben hatte, zu erinnern. Es waren eine ganze Menge gewesen, und sie waren ihr alle recht gut geglückt. Aber jetzt fiel ihr kein einziges ein. Deshalb versuchte sie, sich bekannte Gedichte, die sie hatte auswendig lernen müssen, ins Gedächtnis zu rufen. „Wer reitet so spät durch Nacht und Wind...", flüsterte sie und legte dabei eine Hand auf das Zauberpulver, das sie nicht mit einem falschen Spruch vergeuden wollte. Sie verscheuchte einen Nachtfalter von ihrer Nase und machte einen neuen Anlauf. „Das Wandern ist des Müllers Lust..." Nachdem sie sich von einer Spinne befreit hatte, sagte sie: „Draußen vom Walde komm' ich her...", aber auch hier wußte sie nicht weiter.

Inzwischen waren sie am Ende des Tunnels angelangt und befanden sich im Land der Alpträume. Es herrschte eine finstere, neblige Nacht. Ellen spürte plötzlich festen Boden unter den Füßen, so als ließe das Gruselgespenst sie auf eine Betonplatte fallen. Sie stürzte und schürfte sich die Knie auf, sagte aber kein Wort. Sie wagte nicht, die gespenstische Stille zu durchbrechen. Zwei fahle Straßenlichter warfen bizarre Schatten, und ringsum ragten schwarze, hohe Gebäude in den Himmel. Das Gruselgespenst zog Ellen in ein großes Kaufhaus, dessen Tür sich knarrend öffnete. Ellen warf einen Blick in sein spärlich erhelltes Inneres und sah, daß es von Geistern und Gruselgespenstern bevölkert war, die miteinander Karten spielten.

Ellen wurde von ihrem Gruselgespenst durch die Tür geschoben, die hinter ihnen schwer ins Schloß fiel.

Die Gespenster blickten freudlos zu Ellen hoch und vertieften sich gleich darauf wieder in ihr Kartenspiel. Sie hatten lange Krallen, riesige Flügel, die am Rücken gefaltet waren, und gelbe, geschlitzte Augen.

An einem Schreibtisch neben der Tür saß ein Gruselgespenst, und als Ellen an ihm vorbeiging, trug es ihren Namen in eine Liste ein. Ellen kam sich vor wie in der Schule, wenn sie zu spät kam und der Lehrer es im Klassenbuch vermerkte. Sie schauderte. Es war klamm und trostlos hier. Die Gespenster schienen auch keinen Spaß an dem Kartenspiel zu haben.

Das Gruselgespenst am Schreibtisch krächzte mit heiserer Stimme: „Zeig ihr ein paar Alpträume. Sie kann mit Nummer eins anfangen, und wenn ihr bei hundert angelangt seid, gib ihr eine Tasse Tee."

Ellens Gruselgespenst nickte und wagte ebenfalls nicht zu lachen, denn hier wurde nie gelacht.

„Ich mag keinen Tee“, sagte Ellen, aber niemand hörte sie.

„Sie kann sich einen Alptraum aussuchen und ihn sich als Erinnerung mit nach Hause nehmen“, sagte das Gespenst am Schreibtisch.

„Ich möchte aber keinen Alptraum mitnehmen“, flüsterte Ellen, doch niemand hörte sie. Dann wurde sie durch die Halle geschoben, bis sie vor einer Tür stand, über der mit Kreide geschrieben stand: *Alptraum Nummer eins*. Ellens Gruselgespenst öffnete die Tür und schob sie in den Raum. Hinter ihr fiel die Tür ins Schloß. Der Raum war hell erleuchtet, und Ellen blinzelte. Als sie sich an das grelle Licht gewöhnt hatte, erblickte sie einen Tisch, auf dem alle ihre Lieblingsspeisen standen: Süßigkeiten, Kuchen, Torten, Spaghetti, Hamburger ohne Essiggurken, Kartoffelchips. Und alles war noch dampfend heiß und duftete köstlich. Was für ein Alptraum sollte das sein? wunderte sie sich. Sie ging auf den Tisch zu, doch sobald sie eine der Speisen anfassen wollte, griff sie in eine weiche, schwammige Masse. Sie fiel über den Tisch, und plötzlich waren die Speisen nicht mehr aus Gelee, sondern aus Hafergrütze, und Ellen saß inmitten dieser klebrigen Masse! Sie versuchte sich zu bewegen, kam aber nicht von der Stelle. Sie wollte um jeden Preis da wieder herauskommen, auch wenn sie die ganze Hafergrütze aufessen müßte. Aber vorerst würde sie zu schwimmen versuchen, und sie machte Bewegungen wie beim Brustschwimmen. Allmählich fand sie den richtigen Dreh heraus und kam langsam voran. Endlich hatte sie das trockene Ufer erreicht und kroch auf allen vieren weiter. Sie war über und über mit Hafergrütze bedeckt. Aber das störte sie nicht. Hauptsache, sie war gerettet!

Sie erblickte eine Tür und rannte darauf zu. Sie öffnete sie und betrat einen Gang. Schon wiegte sie sich in Sicherheit, als plötzlich ihr Herzschlag ein paar Sekunden lang aussetzte. Sie sah sich in dem dunklen Gang dem schwarzen Schatten des Gruselgespenstes gegenüber, das hier auf sie lauerte.

„Nun, wie hat dir der Alptraum gefallen?“ fragte es.

„Nicht besonders“, erwiderte Ellen.

In diesem Augenblick schlüpfte Rufus durch die Tür des Kaufhauses und mußte ebenfalls an dem Tisch neben dem Eingang vorbei. Die Gruselgespenster blickten von ihrem Kartenspiel hoch.

Das Gespenst am Schreibtisch erkundigte sich nach Rufus' Namen. Als es ihn aber nicht auf seiner Liste entdeckte, wollte es den Hexenjungen wieder in den Tunnel zurückdrängen. Aber da griff Rufus nach einer List und sagte, eines der Gruselgespenster hätte gegen die Regeln verstoßen, weil es beim Kartenspielen gelächelt hatte.

Das Gruselgespenst am Eingang stieß das unfolgsame Gespenst in den Tunnel hinein. In diesem Augenblick rannte Rufus los und durchquerte die Halle des Kaufhauses. Dann trat er in den Raum *Alptraum Nummer eins*.

Die anderen Gruselgespenster vertieften sich wieder in ihr Kartenspiel.

Ellen und ihr Gruselgespenst waren auf dem Weg zu *Alptraum Nummer zwei*. Ellen war in Gedanken noch immer auf der Suche nach einem geeigneten Reim und sagte leise: „Es grünt so grün, wenn Spaniens Blüten blüh'n..." Sie mußte unbedingt einen Spruch finden, egal ob er stimmte oder nicht, denn sie wollte auf keinen Fall noch weitere Alpträume erleben. Kalte Hafergrütze war schon schlimm genug gewesen. Womöglich müßte sie als nächstes in einem See aus Karottensuppe schwimmen!

Sie stand gerade vor der Tür mit der Aufschrift: *Alptraum Nummer zwei*, als Rufus aus der Hintertür von *Alptraum Nummer eins* trat. Er sah fürchterlich aus! Überall an seinem Körper klebte Hafergrütze, und in dieser steckten unzählige Spinnen. Steifbeinig ging er auf Ellen zu. „Ellen, Ellen!" rief er. „Hast du noch das Zauberpulver?"

Ellen drehte sich überrascht um, und ihr Herz machte vor Freude einen Luftsprung.

Das Gruselgespenst brummte ärgerlich und packte sie am Arm.

„Ja, ja, ich habe das Pulver", rief Ellen zurück und hatte einige Mühe, mit der freien Hand das Zauberpulver aus der hinteren Jeanstasche hervorzuholen.

Rufus, der plötzlich den Helden hervorkehrte, erinnerte sich nun an alles, was er im Zauberunterricht gelernt hatte, und gab gleich einen guten Zauberspruch zum besten:

„Oh, Alptraum, nimm ein Ende,
daß sich des Träumers Schicksal wende.
Laß ab, Gespenst, von deiner Beute,
und Ellen kehret heim noch heute!"

Das Gruselgespenst und Ellen standen noch immer in der Tür zum *Alptraum Nummer zwei*, als Ellen Zeile für Zeile den Zauberspruch laut nachsprach. Sie streute dabei das Zauberpulver auf die Hände und

Füße des Gruselgespenstes. Das Pulver funkelte in der Dunkelheit wie Sternennebel. Das Gruselgespenst war völlig verwirrt. Ellen wiederholte den Zauberspruch. Da schnappte die Tür zum *Alptraum Nummer zwei* ins Schloß und klemmte die große Zehe des Gruselgespenstes ein, das laut aufheulte.

Der Zauberspruch begann zu wirken. Es war kein überwältigender, kein aufsehenerregender Spruch. Es war schließlich der erste, den Ellen aufgesagt hatte. Aber er funktionierte. Er funktionierte sogar sehr gut, denn plötzlich verspürte das Gruselgespenst ein heftiges Jucken in der Hand, mit der es Ellens Arm umklammerte. Der Juckreiz, das funkelnde Zauberpulver, das laute Geschrei und dann noch die eingeklemmte Zehe bewirkten, daß das Gruselgespenst Ellens Arm losließ und diese, wie von der Tarantel gestochen, den Gang entlanglief.

Rufus griff nach ihrer Hand, und sie rannten gemeinsam durch den *Alptraum Nummer eins*. Sie halfen sich gegenseitig, die Hafergrütze zu durchqueren, und schließlich stürmten sie in die große Halle, in der die Gruselgespenster in ihr endloses, stummes Kartenspiel vertieft waren.

Gerade als sie sich Hand in Hand zwischen den Tischen hindurchschlängelten, schrillte die Alarmglocke. Es war, als klingelten hundert Telefone gleichzeitig. Die Gruselgespenster sprangen von ihren Stühlen hoch, und Ellen und Rufus eilten, so rasch es mit der Hafergrütze an ihren Beinen ging, auf die Tür zu.

Doch bevor sie den Ausgang erreichten, war das Gruselgespenst, das am Schreibtisch saß, aufgesprungen und hatte die Tür zugeschlagen und verriegelt. Ellen und Rufus rutschten ein Stück den Boden entlang, und bremsten dann, um die Richtung zu ändern. Sie versteckten sich schnell in einer finsteren Ecke, wo sie sich wie zwei Mäuse vor einer lauernden Katze duckten.

Die Gruselgespenster suchten fieberhaft nach den beiden und warfen dabei Tische und Stühle um. Die Spielkarten lagen überall verstreut herum. Manche Gespenster schleuderten schwere Keulen in dunkle Ecken. Eines hatte sogar einen langen Stock, an dessen Ende eine Kette mit einer stacheligen Eisenkugel hing. Sie sah aus wie eine riesige Stachelbeere, und das Gruselgespenst handelte sich den Zorn der anderen ein, weil es laut grölend die Kugel über seinem Kopf schwang.

Ellen und Rufus mußten ihr finsteres Versteck verlassen, wenn sie nicht von der Eisenkugel getroffen werden wollten. Sie stürmten in die Halle zurück und hofften, es würde ihnen gelingen, die Tür aufzubrechen. Doch das Gruselgespenst mit der Eisenkugel verfolgte sie und schleuderte die Kugel nach ihnen. Aber zum Glück verfehlte es sein Ziel, und die Kugel flog krachend durch die Holztür. Ellen und

8 9900-8

Kugel flog krachend durch die Holztür. Ellen und Rufus schlüpften rasch durch das entstandene Loch und rannten den schwach erhellten Weg, der zu dem Tunnel führte, entlang.

Die Gruselgespenster, die in der Luft äußerst wendig waren, auf dem Boden aber um so schwerfälliger, schafften es nicht, Ellen und Rufus daran zu hindern, in den Tunnel zu schlüpfen und durch den unheimlichen Schlund zu gleiten, bis sie schließlich in den endlosen Himmel purzelten.

Außerdem war die Nacht bald vorüber, und da die Gruselgespenster das Tageslicht scheuen, folgten sie den beiden nicht, sondern standen heulend und mit den Schwänzen um sich schlagend vor dem Eingang des Tunnels.

Ellens Gruselgespenst schneuzte sich geräuschvoll in ein großes Taschentuch. Es wollte nicht, daß die anderen sahen, daß es unglücklich war. Denn das Leben im Land der Alpträume war sehr eintönig, und bis jetzt war es ihm noch nie gelungen, einen Gast hier festzuhalten. Es schniefte und seufzte und dachte, wie ungerecht das Leben doch war.

Ende gut, alles gut

Als Ellen und Rufus vom Himmel stürzten, blies der frische Nachtwind die Hafergrütze mit den Spinnen und Nachtfaltern fort, die an ihren Kleidern und Haaren klebte. Aber die Schmetterlinge in Ellens Magen blieben.

Die beiden flogen zuerst dicht nebeneinander in die Tiefe, dann vergrößerte sich der Abstand zwischen ihnen, und schließlich waren sie wieder Schulter an Schulter. Ellen fragte sich mit Bangen, wo sie wohl landen würden. Sie rief Rufus zu, sie wolle nicht in den Teich auf der Heide fallen, denn vom Schwimmen hatte sie vorerst genug. Und sie wollte auch nicht, daß man sie am nächsten Morgen mit dem Pullover an der Kirchturmspitze hängend fand.

Rufus mußte grinsen und zwinkerte ihr zu. Dann machte er in der Luft einen Purzelbaum, vor Freude, daß er etwas Zauberpulver eingesteckt hatte und am Abend sicherlich als der große Held gefeiert würde. Er würde dann auch den Zauberspruch aufsagen, den er für den Wettbewerb vorbereitet hatte.

In diesem Augenblick begann es zu regnen, und Rufus zauberte schnell einen großen, schwarzen Regenschirm herbei. Er sah genauso aus wie der, den

Ellens Vater zur Arbeit mitnahm, wenn es nach Regen aussah. Er war mit einem Knopf versehen, auf den man nur drücken mußte, und schon sprang er auf. Rufus tat das auch, und der Schirm öffnete sich mit lautem Rauschen wie ein Fallschirm. Ellen drängte sich dicht an Rufus und legte ebenfalls eine Hand auf den Griff des Regenschirms, und so schwebten sie langsam auf die Erde zu.

Sie glitten durch die Wolken und sahen bald darauf Fabriken, Hochhäuser und Ellens Straße mit dem Kaufhaus dahinter. Und schließlich landeten sie mühelos auf dem Dach, von dem aus ihr nächtliches Abenteuer begonnen hatte.

Ein paar Geister, die noch nicht nach Hause gegangen waren, hießen sie willkommen.

Die Geisternacht war fast vorüber. Die Wettbewerbe waren beendet, und die Gäste hatten sich nach und nach zurückgezogen.

„Übrigens, hast du das Medaillon gewonnen?" fragte Ellen Rufus, als dieser vorsichtig seinen neuen Regenschirm zumachte.

„Nein, aber vielleicht klappt es nächstes Jahr", erwiderte Rufus mit einem Achselzucken. Es tat ihm sehr leid, daß er an dem Wettbewerb nicht teilgenommen hatte, aber er wollte es sich nicht anmerken lassen.

Die Kauzige Hannah kam auf sie zu, und Onkel Wuzo stand als letzter am Stand der Hexenmeister. All die anderen hatten sich verabschiedet, weil sie müde waren.

Die Kaminhexe fragte Rufus, wo um alles in der Welt er die ganze Zeit gesteckt hatte, und meinte, daß sein Regenschirm eines Tages recht nützlich sein könnte. Dann sagte sie ihm natürlich, daß sie sich riesige Sorgen um ihn gemacht hatte.

Onkel Wuzo lächelte Rufus zu. Da kam sein Besen-Taxi, das ihn nach Hause bringen sollte. Er suchte noch eine Ewigkeit nach seinem Zauberstab, den er im Gespräch mit den anderen Hexenmeistern verlegt hatte. Als er ihn schließlich gefunden hatte, ging er auf Ellen und Rufus zu. „Siehst du, Rufus", sagte er, „der Mut dieses Kindes aus der wirklichen Welt hat einen tapferen Jungen aus dir gemacht."

Ellen wurde wieder etwas verlegen. Der Hexenmeister trat ganz nahe an Rufus heran, der dachte, daß es gewiß recht schmeichelhaft war, als tapfer zu gelten, aber daß ihm das Medaillon lieber gewesen wäre. Er lächelte verkrampft.

Doch da legte Onkel Wuzo ihm sein Medaillon um den Hals und meinte: „Du sollst mein Medaillon haben, du hast es redlich verdient! Dein Regenschirm-Zauberspruch zählt zu den besten, die es gibt. Ich möchte, daß du mir auch einen herbeizauberst."

Das Medaillon funkelte an Rufus' Brust, und sein Gesicht strahlte vor Stolz. Nun hatte er doch noch das Medaillon der Mittleren Magie gewonnen!

„Ich habe dir ja gesagt, daß ich mich mit Zaubersprüchen auskenne", sagte Rufus zu Ellen und rannte weg, um sich in einer Fensterscheibe zu betrachten.

„Und nun zu dir, mein Kind", sagte der Hexenmeister. „Was ist dein Wunsch? Rück schnell damit heraus, denn es wird gleich Tag."

Obwohl Ellen sich von Anfang an gewünscht hatte, Richard möge die Musikprüfung nicht bestehen und nicht von zu Hause wegziehen, hatte sie plötzlich ihre Meinung geändert. Denn Rufus und sie waren für ihren Mut belohnt worden, und sie fand, daß auch Richard nun das bekommen müßte, was ihm gebührte.

Sie hatte das Gefühl, leer auszugehen, aber sie zwang sich zu einem Lächeln und sagte: „Ich wünsche mir, daß mein Bruder Richard die Musikprüfung besteht und zu Großmutter zieht, wenn er das möchte. Mir wäre es natürlich lieber, er würde bei uns bleiben..."

Sie fühlte sich richtig erleichtert, nachdem sie den Wunsch ausgesprochen hatte.

„Dein Wunsch soll in Erfüllung gehen", sagte Onkel Wuzo. „Aber nun, mein Kind, mußt du in die wirkliche Welt zurückkehren. Du sollst nicht länger auf dem Dach bleiben. Ich muß gehen, mein Besen-Taxi wartet."

„Vielen Dank", sagte Ellen. Dann verabschiedete sie sich kurz, aber herzlich von den Kobolden, von Superhell und der Kaminhexe. Rufus aber war verschwunden. Er polierte gerade hinter einem Schornstein sein Medaillon und probierte an einem Käfer einen Zauberspruch aus.

„Grüßt Rufus von mir", sagte Ellen zu den Kobolden, „und richtet ihm meinen Dank aus."

„Jawohl, jawohl und viel Glück, der weise Hexenmeister bringt dich mit einem Spruch zurück", sangen die Kobolde.

Ellen nahm Toby, der auf einem Kamin eingeschlafen war, in die Arme und drückte ihm einen Kuß auf die Wange.

„Welcher Hexenmeister soll den Spruch sagen?" wollte Ellen wissen.

Die Kobolde rannten sogleich los, um Onkel Wuzo zurückzuholen, der gerade sein Besen-Taxi besteigen wollte und ganz vergessen hatte, Ellen nach Hause zu befördern.

„Ach ja, der Zauberspruch", meinte er. Dann sagte er schnell folgenden Spruch, denn er wollte das Taxi nicht länger warten lassen:

„Solange Käuze, Eulen, Fledermäuse
nächtens um die Wette fliegen,
sollst du sicher und geborgen
in deinem warmen Bette liegen."

Dann schwang er seinen Zauberstab, und gleich darauf vernahm Ellen helles Glockenläuten und ein lautes Krachen. Rauchschwaden stiegen hoch, und tausend Funken sprühten.

Dann war Ellen wieder in ihrem Zimmer. Sie stand am Fenster und sah, daß der Morgen graute. Sie blickte sich im Zimmer um und entdeckte Toby tief schlafend in ihrem Bett. „Die werden wohl nie einen Zauberspruch richtig hinkriegen", brummte sie. Dann trug sie Toby in sein Bett und deckte ihn behutsam zu. Er seufzte nur tief und knirschte mit den Zähnen, aber er wurde nicht wach.

Ellen ging rasch in ihr Zimmer zurück. Es war höchste Zeit, schlafen zu gehen, denn die Nacht war bereits vorüber.

Auch sie mußte sehr tief geschlafen haben, denn als sie ein oder zwei Stunden später erwachte, war sie putzmunter.

Sie stand auf, zog sich an, kämmte sich und eilte die Treppe hinunter. Sie war so guter Dinge, daß sie am Ende vier Stufen auf einmal nahm.

„Guten Morgen, mein Liebling", sagte ihre Mutter am Frühstückstisch. „Heute morgen siehst du schon viel besser aus. Wann immer ich gestern in dein Zimmer schaute, schliefst du wie ein Murmeltier."

„Wir haben uns schon Sorgen gemacht", fügte ihr Vater hinzu. „Geht es dir wirklich wieder so gut, daß du zur Schule gehen kannst?"

„Ja, ganz sicher", erwiderte Ellen.

Da warf Toby eine Brotrinde durch die Küche und wurde zurechtgewiesen. Ellen hob sie vom Boden auf und legte sie wieder auf seinen Teller. Toby strahlte sie glücklich an.

Dann setzte sich Ellen neben Richard an den Tisch. Dieser machte ein Gesicht wie sieben Tage Regenwetter, was sie bei ihm nicht gewohnt war.

„Kopf hoch, Richard", sagte Ellen. „Entschuldige, daß ich gestern abend so dumm dahergeredet habe. Ich wette, du schaffst die Prüfung. Ich bin mir ganz sicher." Sie zwinkerte ihm zu, und Richard sah sie verwundert an. Doch dann erhellte sich seine Miene, und plötzlich war er überzeugt davon, daß Ellen recht hatte.

Ellen aß ihre Corn-flakes, und gerade, als sie damit fertig war, öffnete sich plötzlich die Tür, und zum Staunen aller schlich eine große schwarze Katze herein.

Ellen, die eigentlich am wenigsten Grund zum Staunen hatte, war am meisten überrascht. Sie beugte sich hinunter, um die Katze zu streicheln, die um ihre Beine schlich und wie eine elektrische Zahnbürste schnurrte.

„Du lieber Himmel!“ rief ihre Mutter. „Wo kommt denn die her? Wem mag sie wohl gehören?“

„Ich glaube nicht, daß sie jemandem aus der Umgebung gehört“, meinte Ellen schmunzelnd. „Vielleicht sollten wir sie behalten.“

Und da sie nie herausfinden konnten, woher die Katze gekommen war, blieb sie bei ihnen.

CIP-Titelaufnahme der Deutschen Bibliothek

Whitehead, Victoria:
Die Kaminhexe / Victoria Whitehead. [Übers. aus d. Engl. von Renate Navé]. – München : F. Schneider, 1988
Einheitssacht.: The chimney witches ‹dt.›
ISBN 3-505-09900-7

Übersetzung aus dem Englischen von Renate Navé, München
Originaltitel: THE CHIMNEY WITCHES

Originalverlag: Orchard Books, London
Umschlaggestaltung unter Verwendung der Illustration
des Originaltitelbildes: Claudia Böhmer, München
Lektorat: Andrea Bubner
Herstellung: Brigitte Matschl
Satz/Druck: Presse-Druck Augsburg
ISBN: 3 505 09900-7
Bestell-Nr.: 9900

Ein weiterer Band ist in Vorbereitung

MARTINA SIEBKE

Mein Freund, der kleine Vampir

Es ist Mitternacht. Geisterstunde. „Hallo!“ ruft da plötzlich eine Stimme aus dem Dunkel der alten Burg. „Ist da jemand?“ Tommys Herz schlägt wie rasend. Aber er nimmt seinen ganzen Mut zusammen, er läuft nicht weg. Und so lernt er den seltsamen Jungen kennen, den er nur nachts treffen kann. Zwischen ihm und Tommy entsteht eine ungewöhnliche Freundschaft.

Das Besondere dieses Buches:
Diese Erzählung der jungen Autorin macht deutlich, daß die Phantasiewelt der Kinder genauso wirklich ist wie die Realität der Erwachsenenwelt. Die Geschichte zeigt auch, daß Kinder anderen Menschen ohne Vorurteile begegnen können.

Schneider-Buch

IGOR ŠENTJURC

Der Junge
und das Ungeheuer

Mit der Kerze in der Hand geht Peter in die Felsenhöhle und – erstarrt mitten im Schritt. Dort vor ihm auf dem Boden in seinem Geheimversteck, da sitzt es – das kugelrunde Ungeheuer. Das ganze Dorf ist hinter ihm her. Und jetzt ist Peter ihm ausgeliefert. Mutterseelenallein! Aber da sieht er, wie dicke Tränen aus den Augen der seltsamen Kugel kullern. Peter ist sprachlos. Ein Ungeheuer, das weint! Ja, gibt es denn das überhaupt?

Für alle, die gerne spannende Geschichten lesen *und* Comics lieben, hat der Autor eine einmalige Mischung aus Comic und Erzählung geschaffen.